L'amour secret

NATALIE GRANT

L'amour secret

COLLECTION OR

*Cet ouvrage a été publié en langue anglaise
sous le titre :*
IN THE KNOW

Traduction française de
CATHERINE DUTEIL

© 1991, Linda Guss. © 1992, Traduction française : Harlequin S.A.
83-85, boulevard Vincent-Auriol, 75013 Paris — Tél. : 45 82 22 77
ISBN 2-280-07392-7 — ISSN 0990-3313

1.

Les yeux fixés sur l'écran de télévision, la réalisatrice Rosalie Ferris ne perdait rien du débat qui opposait les invités de l'émission.

La caméra cadra le visage d'une jolie rousse qui poussa un profond soupir.

— Les hommes ont peur de s'engager de nos jours, dit-elle en secouant la tête avec conviction. Un type m'a fait marcher pendant deux ans avant de m'avouer qu'il n'était pas assez bien pour moi. Il avait drôlement raison !

Rosalie augmenta le volume sonore de son magnétoscope. L'émission avait été produite par son nouveau patron, Justin Benedict. Elle allait faire sa connaissance dans une heure et tenait à examiner une nouvelle fois le travail de l'homme chargé d'apporter du sang neuf au magazine chéri de Rosalie : *Vous informer*.

Le poste de directeur de production était vacant depuis des mois et Rosalie avait eu toute latitude pour réaliser l'émission à sa guise. Les choses risquaient fort de changer, le style de son nouveau patron étant manifestement très différent du sien...

— Il n'y a pas que les hommes qui craignent de s'engager, rétorqua le présentateur. Ma chaîne m'a proposé un poste important dans une autre ville et ma fiancée, ou devrais-je dire mon ex-fiancée, a refusé de me suivre à cause de son travail. Vous trouvez cela juste ?

Un tollé de voix masculines lui apporta son soutien.

Rosalie grimaça. Manifestement, l'animateur provoquait son invitée pour la faire réagir et augmenter ainsi son indice d'écoute. Et elle le soupçonnait même d'y avoir été fortement encouragé par son directeur de production, à savoir Justin Benedict.

— Voilà bien une réaction typiquement masculine, riposta la jeune femme, piquée au vif. *Votre* travail, *votre* poste, *vos* besoins ! Les hommes se prétendent favorables à l'égalité des sexes, mais ils attendent toujours de leur femme qu'elle se charge des tâches domestiques et de l'éducation des enfants. Et si, par hasard, il leur arrive de faire leur lit, ils croient mériter une médaille !

— Je fais mon lit tous les jours, objecta un des invités.

— Un bon point pour vous, commenta la jeune femme rousse. Mais êtes-vous jamais resté à la maison pour garder un enfant malade ?

— Et toc ! s'écria Rosalie, réveillant brutalement Alfred, son chat, qui lui jeta un regard indigné avant de sauter du lit.

— Eh bien, répondit l'homme, si l'un de nous doit rester à la maison, mon épouse accepte en général de le faire. Ce n'est pas que son travail soit moins important, mais traditionnellement, c'est plutôt l'homme qui subvient aux besoins du ménage et la femme qui s'occupe des enfants, non?

— Et si on doit faire les deux? lança Rosalie, révoltée.

— On peut savoir après qui tu en as?

Au seuil de la chambre, Violette, la jeune sœur de Rosalie, dévisageait son aînée avec curiosité.

— C'est là tout ton petit déjeuner? demanda Rosalie. Une boîte de soda?

— D'accord, je prendrai des flocons d'avoine si cela peut te faire plaisir, mais tu n'as pas répondu à ma question. Pourquoi cette humeur vindicative?

Rosalie éteignit le magnétoscope. C'est vrai qu'elle s'était laissée emporter, mais cela ne faisait pas pour autant du magazine de Justin Benedict une émission de valeur.

— Je regardais un échantillon du travail de mon nouveau directeur de production.

— Le bel homme qu'on a vu dans le journal?

— Violette, je me soucie davantage de sa façon de travailler que de son apparence physique. Pour moi, il fait de la télévision bon marché.

Violette s'assit sur le lit.

— Si sa séduction n'a aucun effet sur toi, c'est que jouer les nounous auprès de moi depuis la mort de papa et maman t'a usée plus que je ne pensais.

Le regard malicieux de la jeune fille n'échappa pas à sa sœur. Malgré leur parenté, elles ne se ressemblaient guère. Violette était brune avec des cheveux souples coupés au carré, de grands yeux noisette et la peau mate. Rosalie avait de beaux yeux gris en amande, le teint très clair et de longs

7

cheveux raides noirs comme l'ébène. Cependant, toutes deux étaient petites et bien proportionnées.

— Ses beaux yeux ne me laissent pas insensible, mais je crains surtout qu'il bouleverse mon émission.

— On l'a fait venir pour y apporter du changement, non?

— Oui, je sais que l'audimat a baissé, mais comment faire un magazine sérieux sur des problèmes graves avec une présentatrice comme Gilda Simon, la « blonde bostonienne explosive chicaneuse et percutante », comme dit la publicité de la chaîne? Pour être blonde, elle est blonde, mais à part cela...

— Lui aussi est blond, n'est-ce pas?

— Qui cela?

— Justin Benedict. Monsieur le redresseur de situation que tu vas rencontrer dès que tu auras décidé de t'habiller. A propos, tu devrais porter ta robe noire en tricot. Elle te donne l'air délicieusement sexy. Il n'est pas marié, si?

— Tu ne crois pas que tu vas un peu vite? Il paraît qu'il est divorcé. Mais le problème n'est pas là. J'espère surtout que je pourrai travailler avec lui.

Violette glissa un bras autour des épaules de sa sœur.

— Rosalie, je m'inquiète pour toi. Tu as vingt-neuf ans et tu ne penses qu'à ton travail. Où espères-tu rencontrer l'âme sœur?

— Pour le moment, je suis bien trop occupée. Par mon émission d'une part... et par les flocons d'avoine que je vais te préparer de ce pas!

8

Au volant de sa vieille Ford, Rosalie tourna dans Massachusetts Avenue. Elle avait les mains moites malgré la fraîcheur de ce début d'automne.

Qui était vraiment Justin Benedict? Partagerait-il son goût pour une télévision visant à faire réfléchir une audience trop souvent abêtie par des programmes stupides? Le directeur de la programmation, Larry Bishop, l'avait fait venir de Chicago pour lui confier le poste de directeur de production, à charge pour lui de relancer toutes les émissions de la chaîne bostonienne, et pas seulement *Vous informer*.

Benedict devrait rendre des comptes à Larry, mais il serait tout-puissant au service de programmation et tous les réalisateurs dépendraient de lui. Même si son indice d'écoute avait chuté de trois points, *Vous informer* n'en demeurait pas moins l'émission la plus suivie et elle avait gardé la plage horaire enviée de 13 à 14 heures tous les jours, allant jusqu'à battre des feuilletons très prisés comme *Santa Barbara* ou *Côte Ouest*. Justin Benedict ne manquerait pas de s'y intéresser de près.

Comme il ne manquerait pas de s'intéresser à elle. Et ce n'était pas sans appréhension qu'elle s'apprêtait à subir son examen. Elle n'avait pas été insensible à la photo de lui qui avait fait la une de tous les journaux de Boston, même si elle s'était refusée à l'avouer à Violette.

Depuis la mort accidentelle de leurs parents deux ans auparavant, Rosalie s'était efforcée de les remplacer auprès de sa jeune sœur de treize ans sa cadette.

Elle avait eu du mal à assumer ce rôle soudain de

parent. C'était une lourde responsabilité, tout comme la réalisation de *Vous informer*. Mais l'émission était son orgueil et sa joie, un peu comme son enfant.

Elle avait décidé que si elle travaillait dur et sacrifiait sa vie privée, ni Violette ni l'émission ne seraient lésées. Elle devait simplement garder ces priorités.

Mais ce n'était pas si facile. Réaliser un débat télévisé en direct cinq fois par semaine était très prenant. Et élever une adolescente était aussi un travail à plein temps. Elle avait parfois du mal à y arriver, et voilà que Justin Benedict s'apprêtait à lui compliquer encore l'existence! Serrant les dents, elle se gara dans le parking de la chaîne WMAS et pénétra dans l'immeuble.

En passant devant le bureau de Larry Bishop, elle entendit des éclats de rire. Elle reconnut la voix de Larry, mais le timbre grave qui lui faisait écho lui était inconnu. Apparemment, Justin Benedict essayait déjà de s'insinuer dans les bonnes grâces de la direction...

Peggy Lanihan, son assistante, l'accueillit avec un large sourire.

— Que veux-tu en ce beau lundi matin? Une tisane ou quelque chose de plus fort?

— Quelque chose de fort!

Rosalie se débarrassa de sa veste et la suspendit dans un placard. La salle où on préparait *Vous informer* n'était pas grande, mais elle possédait un nombre impressionnant de revues, journaux, livres divers, appareils téléphoniques et machines à écrire. Un grand panneau d'affichage recouvrait un pan de mur et tous les prochains sujets de débat y étaient épinglés avec leur date d'émission.

Au milieu de la salle, une immense bibliothèque séparait les bureaux de Rosalie, de Peggy et de Gilda. Comme le reste de la pièce, elle regorgeait de documentation. Une partie était consacrée aux cassettes vidéo des meilleurs moments de l'émission.

Au sein de tout ce désordre, le coin de Rosalie était étonnamment bien rangé. Elle mettait un point d'honneur à ce qu'il en soit ainsi. Se dirigeant vers son sanctuaire, elle remarqua un papier posé sur son bureau.

— Qu'est-ce que c'est?

— Bois d'abord ton thé! répondit Peggy. C'était sur ton bureau quand je suis arrivée. J'ignore d'où vient l'idée.

Rosalie prit la feuille dactylographiée et la lut à voix haute.

« Rosalie, voici une excellente idée d'émission. J'ai lu dans le journal qu'une strip-teaseuse de Boston apportait sa contribution financière à l'entretien d'une troupe de scouts locale. Nous pourrions inviter la strip-teaseuse ainsi qu'un représentant des scouts pour savoir ce qu'ils pensent de sa générosité. Il faudrait aussi quelqu'un qui juge tout cela de mauvais goût. »

— De mauvais goût! s'écria Rosalie. Cette idée elle-même est du plus mauvais goût! Je comprends pourquoi le billet n'est pas signé. J'aurais pu croire qu'il venait de Larry, mais après avoir visionné un échantillon du travail de notre nouveau directeur de production, je n'en suis plus si sûre. Peggy, je

11

m'inquiète vraiment de ce qu'ils vont faire de l'émission.

— Qui cela?

— Mais Larry et notre monsieur Miracle, Justin Benedict.

Peggy secoua la tête.

— Rien ne dit que ce message vient de lui. Je ne l'ai même pas encore vu.

— Il est pourtant là. Je l'ai entendu jacasser dans le bureau de Larry. Il n'est que 9 h 03, mais il trouve déjà moyen de flatter le patron et de nous exaspérer.

— Qui est exaspéré? demanda une voix grave.

Rosalie se retourna d'un bond et se trouva nez à nez avec Justin Benedict.

Elle resta sans voix. La photo de lui qu'elle avait vue dans les journaux ne lui rendait pas justice. Mais comment une photo en noir et blanc pouvait-elle rendre le bleu saisissant de ses yeux, la vivacité de son expression, l'élégance de son grand corps athlétique? La coupe classique de son costume et de ses cheveux blonds offrait un étrange contraste avec son visage rieur. Il souriait justement, alors qu'elle venait de l'insulter!

Contre toute attente, il avait de charmantes fossettes, et ses yeux pétillaient malicieusement.

Elle s'efforça de prendre l'air dégagé. Où étaient donc ces fossettes sur les photos? Et ces magnifiques yeux saphir? Et ces beaux cheveux dorés? L'homme était vraiment très séduisant, mais le cœur de Rosalie sombra quand elle prit conscience qu'il n'était pas seulement son patron, mais aussi un redoutable adversaire en puissance. C'était lui qui aurait le dernier mot pour *son* émission et sa seule présence menaçait son travail acharné des deux dernières années.

Levant la tête, elle s'efforça de soutenir son regard avec assurance.

— Je sais que vous êtes ici pour apporter des modifications à *Vous informer*, monsieur Benedict, mais j'espère sincèrement que vous n'allez pas vous engager dans cette voie, dit-elle en lui tendant le message trouvé sur son bureau.

Il le lut et le jeta dans la corbeille à papiers.

— Larry a voulu se rendre utile, mais ceci n'est pas mon style.

Rosalie sentit l'espoir renaître.

— Et quel est votre style?

— Je vous laisse en discuter, dit Peggy en quittant la pièce.

Justin prit une chaise et s'assit.

— Simplement ceci. Peu importe si c'est stupide, commercial ou opportuniste... je suis prêt à tout employer pour faire remonter un indice d'écoute.

Rosalie faillit s'étouffer dans sa tasse de thé. Il se leva pour lui tapoter doucement le dos.

— Vous... n'êtes pas sérieux?

Il se rassit et la considéra d'un air narquois.

— Non, bien sûr. Mais c'est ce que vous pensez de moi, n'est-ce pas?

— Pas tout à fait.

— Allons donc.

— Si vous voulez savoir si votre arrivée m'inquiète, la réponse est oui. Vous voulez changer quelque chose que j'ai contribué à créer.

— Modifier serait un terme plus juste. Il y a beaucoup de bonnes choses dans *Vous informer*.

— Si vous me disiez ce qui ne va pas dans l'émission, selon vous ?

Il s'adossa à sa chaise.

— Elle n'est pas distrayante.

Rosalie compta silencieusement jusqu'à dix pour garder son calme.

— Que voulez-vous dire ?

— Elle n'est pas drôle.

Drôle, le mot favori de Gilda !

— Elle n'est pas censée être *drôle*, commenta-t-elle sèchement. Elle doit faire réfléchir les gens sur des problèmes graves.

— Les deux sont-ils incompatibles ? Une émission ne peut-elle à la fois informer et distraire ? La plupart des magazines d'actualité proposent au moins une séquence amusante. Pourquoi ne pas varier le ton de *Vous informer* ?

— Parce que le sérieux est sa raison d'être. D'ailleurs, il n'y a pas de séquences, nous traitons un seul sujet par heure d'émission. J'ajouterai que depuis sa création, cela n'a jamais été remis en cause.

Justin hocha lentement la tête.

— D'après ce que j'ai entendu dire, il y a eu beaucoup de changement au niveau de la direction ces deux dernières années et on n'a guère eu le temps de s'occuper de l'émission. Mais maintenant, je suis là.

Il y avait quelque chose de définitif dans cette déclaration. Pourtant, Rosalie sentit une excitation inattendue s'emparer d'elle. Jamais elle n'avait reculé devant un défi.

— Nous battons toujours largement nos concurrents.

— Mais votre indice d'écoute a baissé, dit-il en la scrutant. Et *Côte Ouest* vous prend de plus en plus de téléspectateurs.

Elle poussa un soupir méprisant.

— Du sexe sous le soleil!

Il lui jeta un regard perçant non dénué d'ironie.

— La plupart des adultes s'interrogent sur leur sexualité, vous savez. C'est un sujet qui intéresse tout le monde, mais j'ai remarqué que vous ne le traitiez pas souvent.

Elle rougit légèrement.

— La strip-teaseuse et les boy-scouts, allons donc, soyons sérieux!

Il rit.

— Vous seriez surprise d'apprendre combien les scouts se préoccupent de la question.

— C'est un souvenir personnel?

— J'étais un très mauvais scout.

Elle sourit malgré elle.

— Cela ne me surprend pas. Mais toutes les émissions ne peuvent pas tourner autour du sexe. Comment comptez-vous apporter de la fantaisie à un magazine sérieux?

— En y insérant des sujets moins convention-nels.

— Comme quoi?

— Oh, il y a des tas de possibilités. Les régimes, par exemple.

— Je fais des émissions médicales.

— Je parle des nouveaux régimes à la mode.

— Certains sont fantaisistes, voire dangereux.

— A nous de les dénoncer. Mais une femme à qui on ressasse que tel régime lui changera la vie veut savoir si c'est vrai, pas entendre un nutritionniste lui énumérer les principaux groupes d'aliments.

— Quoi d'autre?

— Les histoires d'ordre sentimental. J'ai lu un article où on parlait de deux jeunes gens amoureux l'un de l'autre pendant leur adolescence qui s'étaient retrouvés des années plus tard et s'étaient mariés. Traité comme il convient, un tel sujet peut être charmant sans être à l'eau de rose. On peut aussi faire une émission sur les concours de beauté. Les gens adorent cela, et d'anciennes *miss* pourraient venir témoigner.

— Vous croyez que les femmes d'aujourd'hui s'intéressent aux concours de beauté?

— Si elles ne s'y intéressaient pas, ils n'existeraient plus.

Il avait raison, bien sûr. Et la tendre histoire des deux tourtereaux n'était pas une mauvaise idée. Apparemment, Justin Benedict promettait d'être une source inépuisable d'inspiration. Son enthousiasme était communicatif et stimulant. Mais le plus surprenant était certainement le trouble étrange que sa présence physique suscitait en elle.

— D'autres suggestions?

— Il y a le show-business... Le public est fasciné par la vie de ses vedettes préférées.

— Vous voulez dire qu'il veut savoir avec quelle fréquence elles font l'amour, avec qui et pourquoi c'est réussi?

Il posa la main sur son bras.

— Détendez-vous. Je veux simplement épicer une recette d'émission déjà fort savoureuse.

— Alors, pourquoi ai-je la nausée?

Il sourit. Malgré elle, Rosalie sentait ses défenses céder devant lui. Elle s'aperçut soudain qu'il la touchait et s'écarta.

Il parut légèrement embarrassé. Son regard glissa sur la robe en tricot noir qui épousait les formes harmonieuses de la jeune femme et une lueur admirative étincela dans ses yeux. Elle en ressentit un plaisir trouble et s'en voulut. Cet homme menaçait son émission et elle était bien décidée à se battre pour la sauver!

Sa résolution dut se voir sur son visage.

— Rosalie, ce changement doit avoir lieu ou le magazine devra être supprimé, dit-il calmement.

Elle le considéra, les yeux ronds. La situation était-elle donc si grave?

— Du moins disparaîtrait-il avec dignité, commenta-t-elle impulsivement. Je n'aime pas l'idée qu'on puisse prendre les téléspectateurs pour des imbéciles.

— Laissons cela à Gilda, commenta Peggy que personne n'avait vue revenir.

— Alors vous pensez que c'est Gilda le problème, dit Justin.

Rosalie n'hésita qu'un instant.

— Oui. Ce n'est pas moi qui l'ai choisie, mais la direction.

Il s'adossa à sa chaise.

— Larry m'a dit en confidence que vous conspiriez pour lui trouver un coprésentateur. Pourquoi pensez-vous qu'elle n'est pas à sa place dans cette émission?

Rosalie soupira.

— D'abord, elle n'a aucune expérience journalistique.

Justin haussa les épaules.

— La plupart des animateurs de débats en sont dénués de nos jours. C'est peut-être regrettable, mais c'est ainsi.

— Il y a autre chose, intervint Peggy. Quand elle est dépassée par un sujet, elle se bloque complètement.

Le regard de Justin glissa d'une jeune femme à l'autre.

— Dans ce cas, des thèmes plus légers devraient la détendre, remarqua-t-il. Elle sait parfaitement interviewer les gens. J'ai pu le constater en visionnant ses émissions.

Rosalie hocha la tête.

— Elle peut être très compétente quand elle ne parle pas d'elle. Mais la plupart du temps, elle se comporte comme si elle était plus intéressante que le sujet lui-même.

— Elle *est* la vedette de l'émission, ne l'oubliez pas.

— Je me moquerais éperdument de son goût pour le strass et le lamé si elle était capable de diriger un débat sérieux.

Justin se pencha vers Rosalie.

— Vous n'aimez pas Gilda parce qu'elle ne correspond pas à votre idée d'une animatrice de débat. Mais elle plaît au public, le succès de l'émission en témoigne. Elle possède une personnalité qu'on a étouffée sous trop de sérieux. Il est temps de la libérer.

Rosalie pinça les lèvres. Elle savait maintenant

pourquoi Larry avait déjoué ses efforts pour trouver un coprésentateur à l'émission! Justin voulait remodeler Gilda. Ou pis, la laisser être elle-même...

Justin l'observa un moment avant de continuer.

— Vous êtes furieuse car ce ne sont pas les sujets qui sont les vedettes de l'émission, mais Gilda. Cela blesse votre orgueil professionnel.

Rosalie étouffa un cri de protestation. Il y avait du vrai dans ce qu'il venait de dire.

— Le contenu devrait être plus important que la présentation.

Elle était si préoccupée par ses pensées qu'elle ne remarqua pas immédiatement le lourd parfum de gardénia qui avait envahi la pièce. Le parfum préféré de Gilda Simon.

— Vous devez être Justin Benedict, s'écria celle-ci en posant son manteau de vison sur le dos d'une chaise. Vous ne pouvez pas savoir combien je suis ravie de vous voir ici!

En lutte permanente avec l'image de sérieux que Rosalie voulait lui imposer, Gilda cherchait à passer pour l'incarnation du charme et de la séduction. Des années plus tôt, elle était partie pour Hollywood, la tête farcie de rêves de gloire, mais le cinéma l'avait boudée. *Vous informer* étant sa dernière chance de devenir célèbre, elle se donnait beaucoup de mal pour ressembler à une vedette de l'écran.

Selon elle, une star s'habillait à la dernière mode. Elle adoptait donc les tenues vestimentaires les plus fantaisistes, voire les moins flatteuses.

Rosalie leva les yeux au ciel en voyant le tailleur

classique qu'elle lui avait demandé de porter, raccourci à la limite de l'indécence. A WMAS, personne n'avait apparemment eu le courage de lui dire que le retour de la minijupe n'était pas pour tout le monde, surtout pas pour les femmes nées avant le *baby boom*...

Le problème ne venait pas de son poids, les régimes successifs auxquels elle s'astreignait ayant singulièrement amaigri Gilda, mais de son goût fort discutable.

Comble d'ironie, son maquillage excessif dissimulait de jolis traits, et le blond platine de ses cheveux, s'il ne la flattait guère, abîmait une chevelure de toute beauté.

Rosalie soupira. Depuis qu'elle présentait *Vous informer*, Gilda avait pris une telle assurance qu'elle était persuadée d'être la seule à savoir ce qui était bon pour l'émission.

Rosalie jeta un coup d'œil à Justin pour observer sa réaction face au phénomène Gilda. Apparemment, il n'était pas surpris. Gilda, quant à elle, semblait aux anges.

— Soyez le bienvenu à Boston, dit-elle en lui tendant la main d'un air affecté. Je suis venue plus tôt ce matin pour vous rencontrer.

— Merci, répondit Justin en se levant.

Elle s'avança vers lui, mais un de ses talons aiguilles se prit dans la moquette et, poussant un cri aigu, elle tomba dans les bras de Justin.

— Dois-je en conclure que vous êtes heureuse de me voir? demanda-t-il.

Malgré son embarras, Gilda ne put s'empêcher de rire, et Rosalie admira la façon dont il avait sauvé la situation.

20

— Heureuse ? Je prie depuis des mois pour vous voir arriver ! répliqua Gilda en se redressant. Si je dois faire encore une seule émission sur les lois d'imposition, je meurs !

Rosalie lui jeta un regard meurtrier.

— L'émission n'en demeure pas moins la plus regardée de cette plage horaire, remarqua-t-elle sèchement.

Gilda balaya l'argument d'un haussement d'épaules.

— Je sais que les sujets graves sont ton fort, Rosalie, mais ils ne mettent pas mes talents en valeur, riposta-t-elle.

Elle s'assit et croisa les jambes, faisant remonter sa minijupe sur ses cuisses. Puis elle se tourna vers Justin.

— Les débat télévisés tendent à prendre une nouvelle direction qui me convient parfaitement. Le fossé se creuse entre les discussions et les nouvelles proprement dites, et je trouve que c'est une bonne chose. Laissons les reporters faire ce pour quoi ils sont formés, moi je me consacrerai aux sujets qui me conviennent, destinés à distraire, à toucher. Des thèmes originaux, provocateurs, qui sauront valoriser le côté spontané de ma personnalité. Voilà ma vraie force ! Les gens sont fatigués des sujets sérieux jour après jour. Ils veulent se sentir à l'aise quand ils nous regardent.

— Nous ne pouvons promettre des réponses faciles à des problèmes complexes en soixante minutes, objecta Rosalie.

— Mais nous pouvons offrir l'espoir, dit Justin.

— Bien sûr...

— Larry m'a parlé du projet concernant la strip-teaseuse, coupa Gilda avec enthousiasme. Je suis à cent pour cent pour! Voilà la direction que nous devons prendre. Bien sûr, c'est insolite, mais cela peut être *drôle*!

Elle eut un sourire vrai, heureux, qui désarma momentanément Rosalie. Gilda avait toujours voulu être une star, et voilà qu'en Justin Benedict elle avait enfin trouvé celui qui allait réaliser son rêve.

Il lui sourit gentiment.

— Nous pourrions peut-être en discuter devant une tasse de café, suggéra-t-il.

Gilda ramassa son sac.

— J'ai une idée. Si nous prenions un verre après le travail, tous les deux?

Rosalie et Peggy échangèrent un regard.

— Nous pourrions nous rencontrer tous les quatre, disons jeudi soir, proposa Justin.

Avec un sourire, Peggy se leva.

— Je suis indisponible le soir car je suis des cours à l'université. Il faudra m'excuser, dit-elle en quittant la pièce.

Justin se tourna vers Rosalie.

— Et vous?

— Violette suit des cours de patinage le jeudi soir.

— Votre fille?

— Non, ma sœur. C'est moi qui l'élève.

— Ne peut-elle changer son jour, pour une fois?

Rosalie s'agita sur sa chaise.

— On ne peut guère obliger sa famille à se plier trop souvent à ses exigences professionnelles.

Curieusement, Justin se rembrunit et détourna les yeux.

Gilda posa son vison sur ses épaules avec ostentation.

— Je trouve remarquable la façon dont Rosalie jongle entre son travail et son rôle de mère. Moi, je n'ai pas d'enfant. Ma priorité est l'émission. Et il m'intéresserait beaucoup d'entendre vos *nouvelles* idées, Justin. Disons 6 heures jeudi au bar des Chaînes, de l'autre côté de la rue? Je suis sûre que vous êtes celui qu'il nous fallait pour *arranger* les choses ici.

Elle n'aurait pu être plus claire dans sa critique du travail de Rosalie, et personne ne s'y trompa. Malgré sa colère, Rosalie parvint à rester impassible.

Justin se tourna vers Gilda et sa voix prit un timbre métallique que Rosalie ne lui connaissait pas encore.

— Gilda, nous allons *tous* travailler ensemble. Chacun de nous doit respecter les autres et les soutenir. C'est notre seule chance de faire du bon travail.

Gilda balaya négligemment une poussière de sa jupe.

— Naturellement. Tout pour le bien de l'émission. Il nous faut des thèmes qui échauffent les téléspectateurs, qui les fassent rire, pleurer, ou encore suscitent leur colère, comme l'émission que tu es en train de préparer, Rosalie, sur la présence d'armes dans les écoles.

— Eh bien?

— Comptes-tu inviter des élèves qui ont été pris en possession d'armes?

— Bien sûr. Et j'aurai aussi des parents, des proviseurs, des policiers...

— Bien, bien, coupa Gilda. Mais à quel point nos invités sont-ils en colère ? Les parents protesteront-ils contre ce qui se passe dans les écoles ? Les proviseurs taxeront-ils les parents d'irresponsabilité ? Les élèves refuseront-ils de renoncer à leurs armes ? Montrera-t-on des armes confisquées sur le plateau ?

— En d'autres termes, l'émission tournera-t-elle en bataille rangée ? commenta sèchement Rosalie.

— Que reproches-tu aux émotions prises sur le vif ?

— Rien. Mais tous mes invités sont très sensibilisés au problème et je les ai choisis pour leur capacité à s'exprimer *verbalement*. Le garçon qui a accidentellement tiré sur son meilleur ami...

— Il sera là ? *Fantastique*. Je veux des gros plans sur son visage et...

— Je lui ai promis qu'il resterait dans l'ombre pour protéger son anonymat et préserver la famille de la victime.

— Mais il faut qu'on le voie pour sentir son chagrin, sa culpabilité.

Rosalie réprima une grimace.

— Son histoire est assez éloquente sans qu'on ait besoin de voir son visage, rétorqua-t-elle, choquée par tant d'insensibilité.

Justin était resté silencieux pendant cet échange, mais Rosalie était sûre qu'il n'en perdait pas un mot.

Il secoua la tête.

— Ce garçon doit rester anonyme. Rosalie a raison.

24

Rosalie poussa un soupir de soulagement.

— Oh, commenta Gilda, un peu surprise. Mais je suppose qu'on ne peut pas revenir sur ce qui a été décidé... Si vous voulez bien m'excuser, Justin, je dois revoir ma documentation pour l'émission de demain. Si vous avez besoin de moi, je serai dans la loge du rez-de-chaussée.

Elle fit une sortie théâtrale, emportant les notes laborieusement réunies par Rosalie et qu'elle n'avait probablement même pas encore lues.

Rosalie avait la migraine. Elle se massa doucement les tempes.

— Merci de votre soutien, Justin.

— Je ne pouvais réagir autrement. Nous ne pouvons décemment pas exploiter un jeune garçon vulnérable.

Elle le regarda. Il semblait sincère. Peut-être avait-elle montré un peu trop de hâte à le condamner...

— En temps normal, cependant, je m'oppose à ce que les invités d'un débat restent anonymes.

— Bien sûr...

Il parut percevoir sa déception.

— Ecoutez, Rosalie, je vais être honnête avec vous. J'ai besoin de vous. De votre compétence. Comme moi-même, vous et Peggy, Larry sait que Gilda ne serait pas là où elle est sans vous. Il serait bon qu'elle le reconnaisse, mais ce n'est pas elle votre patron, c'est moi. Et j'aime votre style.

Son visage avait perdu son détachement et Rosalie s'aperçut qu'elle était autant subjuguée par son expression que par ses paroles.

— Travailler avec des gens comme Gilda peut

être… délicat, reprit-il, et je vois que vous le faites avec humour et ténacité. Je suis ici pour compléter vos forces, non les remplacer. Je suis conscient que notre collaboration sera difficile pour vous, et que vous n'auriez aucun mal à trouver un emploi similaire dans une autre chaîne car votre réputation n'est plus à faire. Mais je vous demande de rester, de faire un essai. Et je vous promets que vous serez soutenue par votre environnement professionnel.

— Vous dites à Gilda ce qu'elle veut entendre et vous en faites autant avec moi. Vous pourriez nous donner des leçons de diplomatie…

Il sourit.

— Je pense vraiment ce que j'ai dit. Faites un essai.

Il semblait si sincère que, malgré son scepticisme, Rosalie commença à le croire.

— Nous verrons, dit-elle.

« Mais il est injuste que Justin Benedict possède une telle séduction et que j'y sois si sensible… », ajouta-t-elle silencieusement.

— Que s'est-il passé ensuite ? demanda Violette. Il a aimé ta robe noire ?

Rosalie éclata de rire.

— Oh, Violette, tu ne penses vraiment qu'à cela.

Violette but une gorgée de Coca-Cola et posa son verre sur la table de la cuisine où les deux sœurs achevaient de dîner.

— Qu'y a-t-il de mal à penser aux garçons ? Je pense tout le temps à Kevin. Je le lui ai dit d'ailleurs et il est ravi.

Rosalie se rembrunit. Elle n'aimait pas Kevin Lucas. Fils d'un homme riche et puissant, Kevin était persuadé que les règles normales ne s'appliquaient pas à lui. Violette était fascinée par son apparence de fils de bonne famille qui contrastait étrangement avec son caractère révolté. Pas Rosalie.

— Mmm…, commenta-t-elle d'un ton neutre. Qu'est-ce que ça veut dire ?

Violette poussa un long soupir.

— Rosalie, tu n'es pas ma mère.

— Mais j'en ai le rôle…

— Ça ne te donne pas le droit de me dire avec qui je dois sortir ! Kevin est mon premier véritable petit ami.

Rosalie lui prit la main.

— Je sais. Je m'inquiète pour toi, c'est tout. Et que ça te plaise ou non, je me soucierai toujours de tes fréquentations. Nous ne sommes plus que toutes les deux, ma chérie.

Radoucie, Violette la regarda avec tendresse.

— Ne te tracasse pas. Je suis assez grande pour savoir ce que je fais.

C'était le genre de phrase qui fait naître la terreur dans le cœur de tous les parents… Rosalie savait que, peu sûre d'elle, Violette se sentait très flattée d'avoir pu retenir l'attention d'un garçon comme Kevin.

— Enfin, si quelque chose te tracasse, sache que tu peux toujours me parler. A propos de n'importe quoi.

Violette rougit.

— Merci, mais ne t'inquiète pas. Kevin m'aime.

— Violette, l'amour n'est pas...

Violette leva les yeux au ciel.

— Pas de sermon, je t'en prie! D'ailleurs, tu as détourné le cours de la conversation.

— Jamais de la vie.

— Si. Tu étais sur le point de me dire ce qu'avait fait Justin Benedict ensuite.

Rosalie posa sa serviette sur la table.

— Il a assisté à plusieurs réunions et je ne l'ai pratiquement plus revu de la journée.

Violette eut du mal à cacher sa déception. Elle se leva pour débarrasser la table.

— Dommage. Mais tu es appelée à le voir tous les jours. Ce sera amusant, non?

Amusant? Rosalie retint une grimace. En tout cas, l'arrivée de Justin Benedict correspondait indiscutablement à un changement dans sa vie. Et la perspective de travailler avec lui avait quelque chose de stimulant. D'excitant même. Il la troublait avec sa grâce nonchalante et son sourire irrésistible.

— Je ne sais pas si ce sera amusant, mais ce ne sera sûrement pas ennuyeux, dit-elle.

Justin Benedict éteignit la télévision de sa chambre d'hôtel. Il n'arrivait pas à se concentrer sur les nouvelles locales. Dieu merci, Rosalie Ferris n'avait pas menacé de quitter la chaîne. Il s'était montré sincère avec elle, et cependant, il avait lu un certain scepticisme dans ses grands yeux gris.

Il n'en demeurait pas moins que son émission chérie devait changer, s'adapter aux nouvelles exigences du public si elle voulait rester en compétition. C'était la triste réalité.

Il ne pouvait s'empêcher d'admirer le farouche dévouement de la jeune femme à son émission. C'était son enfant, sa passion. Cela lui rappelait étrangement l'idéalisme de sa jeunesse, et il se demanda si, à trente-cinq ans, il n'était pas devenu quelque peu cynique. Non, pas cynique. Plutôt pragmatique. Rosalie voulait que tous les sujets traités soient sérieux et que tous les présentateurs soient journalistes. La réalité était tout autre, elle devrait l'apprendre.

A part cela, son entêtement l'impressionnait. Derrière ces yeux enjôleurs se cachait une battante. Elle lui ressemblait dans bien des domaines.

Il la soupçonnait d'être solitaire, comme lui. En tout cas, si sa délicieuse petite silhouette le troublait tant, c'était *son* problème à lui. Il savait qu'elle ne modifierait pas son émission de gaieté de cœur et toute victoire serait chèrement acquise.

Mais il avait besoin d'elle.

D'après les cassettes de l'émission qu'il avait visionnées, elle avait un excellent jugement dans le choix des invités, son travail de documentation était irréprochable et ses questions fines et pertinentes. Ensemble, ils pouvaient faire exploser l'audimat avec *Vous informer*.

Mais cela supposait qu'elle accepte le compromis. Curieusement, il se sentait partagé dans ce domaine car si les concessions de la jeune femme devaient indiscutablement lui faciliter la tâche, il n'avait pas pour autant envie de la voir perdre l'ardeur qui l'habitait. Il ne voulait pas qu'elle s'en aille, parce qu'elle était indispensable au succès de l'émission, et il avait tout quitté à Chicago pour relever ce défi.

Justin se débarrassa de ses chaussures et arracha son couvre-lit d'un geste brusque. Sans l'aide de Rosalie, il échouerait dans sa mission, et ce déplacement à Boston serait une erreur professionnelle, si ce n'était pas déjà une erreur personnelle...

Fermant les yeux, il revit la frimousse baignée de larmes de son petit garçon de cinq ans. Laisser Tommy à Chicago lui avait brisé le cœur, mais il n'avait pas eu le choix. Le garçonnet avait fini par se faire des amis au coûteux jardin d'enfants où l'avait inscrit sa mère. La sécurité de son petit monde était si fragile, surtout depuis le divorce de ses parents.

Dieu merci, ce poste à Boston permettait largement à Justin de subvenir aux besoins de l'enfant et de sa mère en même temps qu'aux siens.

Et il y avait souvent des avions pour Chicago, n'est-ce pas ?

Quelqu'un avait dit que l'argent était la source de tous les maux. Mais Justin savait que le *manque* d'argent causait bien davantage de malheurs. Pourtant, la décision de quitter son fils lui pesait terriblement.

Si Rosalie refusait de l'aider, sa venue à Boston lui coûterait cher, vraiment très cher...

2.

Pour une fois, Violette serait en retard à son cours de patinage. Rosalie prit une gorgée de muscat et son regard fit le tour du bar des Chaînes. Ni Gilda ni Justin n'étaient arrivés et le bar était encore relativement vide. Il se remplirait à la fin du journal télévisé de 7 heures, quand le personnel de la chaîne déferlerait sur l'endroit, affamé de sandwichs et assoiffé de bière.

Rosalie n'avait pas faim. A la dernière minute, elle avait décidé de se joindre à Justin et Gilda, même si elle ne pouvait pas rester longtemps.

Il fallait absolument qu'elle parle à Justin. Cet après-midi même. Il n'était là que depuis quatre jours et il s'était déjà immiscé dans *Vous informer*.

Pour Rosalie, l'intervention n'avait pas été une réussite et elle était bien décidée à le lui faire savoir.

Une voix familière l'arracha à ses pensées.

— L'émission était formidable aujourd'hui, Rosalie !

Levant les yeux, elle vit la silhouette replète

d'Ernie Banks, le patron du bar. Sa clientèle étant principalement constituée d'employés de WMAS, Ernie laissait le téléviseur du bar branché en permanence sur cette chaîne et se plaisait à jouer les critiques occasionnels.

En général, Rosalie appréciait ses commentaires, mais ce jour-là, ses louanges ne firent qu'accroître sa mauvaise humeur.

— Vous avez *aimé*? demanda-t-elle avec incrédulité.

Le visage lunaire d'Ernie se plissa dans un accès d'hilarité irrépressible.

— Et comment! Ce n'est pas souvent que je ris pendant vos émissions, Rosalie.

— En général, elles ne sont pas censées faire rire.

— Mais quand j'ai vu cette vieille dame de soixante-dix ans raconter pourquoi elle avait épousé ce gamin de vingt ans, j'ai craqué, c'était plus fort que moi! dit Ernie en éclatant d'un rire tonitruant.

Rosalie soupira. L'émission d'aujourd'hui s'intitulait : « Les mariages printemps-automne marchent-ils? » Elle avait espéré prouver que l'amour pouvait résister aux problèmes posés par la différence d'âge.

Elle avait choisi ses invités avec soin parmi des couples dont la différence d'âge variait entre dix et vingt ans. Mais à la dernière minute, Justin avait déterré la septuagénaire et l'étudiant et insisté pour qu'ils passent à l'antenne.

Ce couple étrange avait complètement déséquilibré l'émission. Dès le début, Gilda s'était centrée sur eux et les aspects croustillants de leur vie sexuelle. Et l'objectif initial du débat s'était irrémédiablement perdu en chemin tandis que le couple détaillait complaisamment sa vie intime.

— Avouez qu'il était difficile de garder son sérieux en entendant ce gamin appeler la vieille dame *mon poussin roux*! Vous comptez faire d'autres émissions comme celle-là?

— C'est à voir, répondit Rosalie qui se posait justement la question.

— Je l'espère, en tout cas! C'était génial.

Navrée, Rosalie plongea son nez dans son verre de muscat et Ernie retourna à ses occupations.

Pour se changer les idées, elle regarda les nouvelles à la télévision.

Un reportage retint son attention. L'Etat avait considérablement réduit le budget consacré à l'éducation et le résultat était désastreux, en particulier dans les universités. Une émission sur ce thème semblait opportune et, si on choisissait bien les invités, elle pourrait frapper fort. Elle était en train de noter ses idées sur le sujet quand une voix grave se fit entendre.

— Ainsi, vous avez pu venir.

Le beau visage de Justin était penché vers elle. La lumière du plafonnier se reflétait dans ses épais cheveux blonds couleur de blé mûr. Il souriait et malgré son irritation, elle le trouva irrésistible. Ses fossettes, sans doute.

Il s'assit à sa table et fit signe au serveur.

— Je suis content que vous ayez pu vous libérer. Et votre sœur? A-t-elle dû manquer sa leçon?

— Non, je l'y conduirai un peu plus tard. Donc je ne peux pas rester longtemps.

Elle but une longue gorgée de muscat pour se donner du courage.

— Que buvez-vous ?

— Du vin doux.

Il sourit. Fossettes et tout...

— J'ai une longue nuit devant moi, dit-elle. Je dois garder l'esprit clair.

Il la regarda pensivement.

— C'est une priorité pour vous ? Vous tenez toujours à garder le contrôle ?

— Je dirais plutôt que c'est être responsable. Et j'aime cela, oui. Mais j'ai remarqué que vous aimiez bien diriger les choses, vous aussi. Ce couple que vous m'avez imposé aujourd'hui...

— Je vous ai montré leur certificat de mariage. C'est un couple parfaitement légitime.

— Ils ont gâché l'émission. Qui aurait pu les prendre au sérieux ?

— Pourquoi faut-il que tous les invités soient sérieux ? Ils étaient gais, charmants. Ce sont eux qui ont *fait* l'émission !

— Je ne suis pas surprise que vous le pensiez. Malgré tous mes efforts, le débat a principalement tourné autour du sexe. Le jeune homme pouvait-il faire la chose avec la vieille dame, et si oui, comment, tous les combien, etc.

Justin prit la carte que lui tendait le serveur.

— J'aimerais bien faire encore la chose à soixante-dix ans.

— Mais vous la ferez ! Si je suis encore réalisatrice, je vous inviterai à un débat sur la sexualité du troisième âge et je suis sûre que vous ferez exploser l'audimat !

Justin éclata de rire, et malgré elle, Rosalie se sentit gagnée par sa gaieté communicative.

— Je vais prendre un scotch, annonça Justin au serveur. Voulez-vous un autre muscat, Rosalie, ou cela risque-t-il de vous faire perdre le contrôle de vous-même?

— Non merci, deux verres me rendraient insupportablement *gaie et charmante*...

Une fossette se creusa sur la joue de Justin.

— Je me demande comment vous êtes avec vos cheveux dénoués, au sens figuré, je veux dire.

Dans un geste inconscient, elle porta la main à sa natte et pendant un bref instant, elle eut envie de la défaire et de laisser sa chevelure crouler sur ses épaules. Pourquoi lui faisait-il un tel effet?

— Et moi, je me demande s'il vous arrive de prendre quelque chose au sérieux, répondit-elle pour masquer son trouble.

A sa profonde surprise, elle le vit s'assombrir.

— Oui, cela m'arrive.

— Quoi, par exemple?

— Eh bien... un bon dîner. Je meurs de faim. Vous mangez quelque chose?

— Non, je ne peux pas rester.

— Qu'y a-t-il de bon ici? demanda-t-il en consultant le menu.

— Les hamburgers frites.

— Et le poulet maison?

— Il leur arrive d'oublier des plumes. Je vous suggère de prendre un hamburger.

— Et le poisson?

— Pas mauvais. Mais leur spécialité est plutôt...

— Les hamburgers. Je crois que j'ai compris. Je vais suivre votre conseil.

Il posa le menu. Son sourire effleura Rosalie comme une caresse, un baiser très doux.

« *Fais attention, Rosalie. Il sourit probablement ainsi à tout le monde.* »

Elle poussa vers lui le papier où elle avait pris des notes.

— J'ai une nouvelle suggestion à vous faire dans un tout autre domaine. Vous avez probablement entendu parler des importantes réductions du budget en matière d'éducation. Cela implique des licenciements dans le corps enseignant, une réduction du nombre des étudiants admis dans les universités d'Etat, la suppression de nombreux programmes d'éducation spécifiques, et j'en passe. Bref, l'enseignement est en crise dans le Massachusetts. Je verrais au moins deux émissions, ou même une semaine entière, à consacrer au sujet. Voilà les invités que j'aimerais recevoir.

Justin lut les notes en silence et quand il reposa le papier sur la table, elle comprit qu'il n'était pas emballé par son idée. Rongeant son frein, elle attendit que le serveur ait fini de prendre sa commande.

— C'est une idée intéressante, dit-il enfin. Mais qu'a-t-elle d'accrocheur ? Où y voyez-vous la moindre intensité dramatique ?

Elle poussa un soupir exaspéré.

— Vous voulez du drame ? Que diriez-vous d'une mère qui viendrait protester contre les réductions de budget qui empêcheraient son enfant handicapé de suivre l'enseignement spécifique dont il a besoin ?

Il eut un geste apaisant.

— Je ne dis pas que ça ne fera pas une émission intéressante.

— Une ? Il y a de quoi faire une semaine d'émissions !

— Mais contrairement à vous, je ne pense pas que la question ait un caractère d'urgence. Cette crise n'est pas nouvelle et les gens sont fatigués d'en entendre parler. Ne vous méprenez pas sur mes paroles. Je pense que le public doit être éclairé du moment qu'on le distrait. *Vous informer* est si... austère. Cela doit changer.

Rosalie récupéra ses notes avec brusquerie.

— J'essaierai de trouver un aspect *distrayant* aux graves maladies qui font des ravages de nos jours...

Il lui jeta un regard froid.

— Nul ne nous oblige à traiter de ces maladies dans nos magazines médicaux. Nous pouvons parler des progrès de la chirurgic plastique, par exemple.

— Ce n'est pas une mauvaise idée, convint Rosalie. Les chirurgiens arrivent à faire des merveilles sur les personnes souffrant de handicaps physiques.

— C'est vrai, mais je pensais davantage à la chirurgie esthétique.

— Ah, les fantasmes de l'éternelle jeunesse...

— Exactement. Je suis sûr que cela ferait rêver la ménagère.

— Pour qu'elle échappe au quotidien.

— Vous en parlez comme s'il était sordide. Le public veut voir les possibilités, pas les probabilités de la vie. Il veut ce qui sort de l'ordinaire, du fantasme, de l'aventure. Regardez, dit-il en sortant de sa poche une coupure de presse. Une femme a découvert qu'elle avait pour voisins les membres d'une étrange secte qui adore les serpents en découvrant par hasard un cobra dans son rosier! Des choses extraordinaires arrivent à des gens ordinaires. J'aimerais faire toute une émission sur les sectes bizarres, inviter certains de leurs membres.

— Ça peut être dangereux. Les choses peuvent échapper à votre contrôle.

— Tant mieux. Nous ne fuirons pas la controverse. En fait, je veux davantage d'émotion dans nos débats.

Elle ouvrit la bouche pour protester, mais il poursuivit :

— Avez-vous été enlevé par des extra-terrestres ou pensez-vous avoir déjà vécu une autre vie? Ne haussez pas les épaules. Certaines personnes croient vraiment en la réincarnation, et les autres sont fascinées par cette notion.

— Alors, selon vous, le téléspectateur moyen préfère réfléchir sur les mystères des ovnis que sur les problèmes d'entrée à l'université de son enfant?

Il la regarda droit dans les yeux.

— Oui. Mais nous ferons une émission sur l'enseignement. Je vous l'ai dit hier, je veux que les sujets soient variés. Je suis sûr que vous saurez relever le défi.

Furieuse, Rosalie préféra se taire. Croyait-il qu'elle allait se satisfaire de quelques miettes?

— Revenons à la téléspectatrice moyenne, une femme entre vingt-cinq et cinquante ans. A quoi pense-t-elle, Rosalie? De quoi rêve-t-elle?

La question prit la jeune femme de court.

38

— Hum… voyons… Eh bien, il y a le problème de la garde des enfants, le désir légitime d'obtenir un salaire égal à celui d'un homme pour un travail équivalent, le coût élevé de… Quoi? Cela ne répond pas à votre question?

— Laissez-moi la reformuler. Je voudrais faire des émissions sur les aspirations profondes des femmes. Dites-moi, à quoi rêvent-elles le plus souvent?

— A la paix dans le monde.

Il eut un petit sourire.

— Sans doute, mais encore?

Rosalie n'avait guère de temps à perdre en chimères. Ces dernières années, la vie lui avait donné tant de responsabilités que la réalité avait pris le pas sur ses rêves.

Et pour l'instant, la réalité, c'était Justin qui la fixait avec défi.

Insidieusement, un vieux fantasme envahit les pensées de la jeune femme. Enfoui au fond d'elle-même, presque refoulé, c'était un rêve où elle se voyait avec un homme ardent, passionné, qui…

Les yeux de Justin coupèrent court à sa rêverie. Le regard de saphir semblait la transpercer, comme s'il devinait ses pensées. Affreusement gênée, elle se sentit rougir. Puis elle se ressaisit.

Il ne pouvait lire en elle. Il attendait simplement une réponse…

— La plupart rêvent de relations durables avec un homme.

Il hocha la tête, son beau visage pensif.

— J'aurais plutôt dit du grand amour, mais votre jugement est probablement plus juste.

— Et les hommes, à quoi aspirent-ils?

— A la même chose.

— Vous aussi?

Il rencontra son regard et, un bref instant, elle eut l'impression qu'il partageait son rêve. Il détourna les yeux comme s'il était embarrassé.

— Moi? dit-il en riant. Non. Je rêve d'une augmentation de vingt-cinq pour cent de notre indice d'écoute. Sérieusement, je souhaite donc explorer ce thème pour l'émission. Si nous trouvons d'heureuses conclusions à nos débats, parfait. Mais s'il y a controverse, nous devrons l'accepter.

— Il faut faire rire ou pleurer, mais surtout ne pas faire réfléchir...

— Il faut faire *les deux*, rétorqua-t-il avec emphase. Divertir n'est pas un mot honteux. Et les sentiments importent plus aux gens que les faits.

Pendant le silence qui suivit, le serveur apporta à Justin son hamburger frites.

— Prenez des frites, Rosalie, proposa Justin en poussant son assiette vers elle. Après tout, j'ai commandé ce plat sur votre conseil.

— J'ai l'impression que c'est le seul que vous suivrez jamais, commenta-t-elle sèchement.

Elle prit la bouteille de ketchup, la renversa et la secoua, mais la sauce refusa de couler. Agacée, elle tapa le fond de la paume de la main. Rien n'y fit.

Furieuse contre ce damné récipient, contre Justin et finalement contre le monde entier, elle frappa, secoua tant et si bien que tout le contenu de la bouteille se répandit sur les frites, les noyant complètement et projetant des taches sanglantes sur elle et sur Justin.

— Oh, je suis désolée!

Il la regarda, puis baissa les yeux sur son assiette écarlate.

— Comment saviez-vous que j'aimais mes frites comme ça?

Malgré son embarras, elle éclata de rire.

Piquant une frite détrempée avec sa fourchette, il la porta à sa bouche.

— Mmm... parfait! Avec juste ce qu'il faut de pomme de terre.

Elle lui tendit des serviettes en papier et entreprit de nettoyer son chemisier.

— Bien entendu, je paierai votre note de pressing. J'irai d'ailleurs porter moi-même votre costume...

— Ce n'est rien, coupa-t-il. Ce costume a connu bien pire que quelques taches de ketchup, comme de la sauce bolognaise, du beurre de cacahuètes, du chocolat Kinder...

— Du Kinder?

Justin poussa un soupir et s'essuya consciencieusement les mains. Quand il regarda Rosalie, son expression était un curieux mélange de fierté et de désarroi.

— Mon fils Tommy adore le chocolat Kinder. Il vit à Chicago avec sa mère. Il est très jeune, très intelligent et très désordonné.

Un fils! Il avait un fils! Curieux qu'il mette si peu d'empressement à parler de lui.

— Vous avez un fils? C'est merveilleux. Il vous ressemble?

— Trop. Nous sommes tous deux très maladroits. Vous avez eu de la chance, Rosalie. J'aurais sûrement renversé quelque chose sur vous si vous ne l'aviez fait la première.

Elle regarda son visage redevenu impassible et se demanda ce qu'il faudrait pour troubler cette belle apparence. La mention accidentelle de son fils ne l'avait embarrassé qu'un instant. Mais d'ailleurs, pourquoi cette gêne ?

— Quel âge à votre... ?

— Ah, j'ai du ketchup dans les cheveux ! Vous aussi, d'ailleurs...

Il prit une serviette en papier et, avant qu'elle ait compris ce qu'il voulait faire, il tapota doucement ses cheveux noirs et lui essuya la joue.

Bien que léger, ce simple contact bouleversa Rosalie. Submergée par une vague de sensualité inattendue, elle ne fit rien pour se dégager.

Comment ses doigts pouvaient-ils faire naître en elle d'aussi exquises sensations alors qu'ils n'arrivaient pas à s'entendre professionnellement ? Elle ignorait la réponse à cette question. Justin n'était pas un homme facile à percer à jour. Dès qu'on abordait des sujets un peu trop personnels, il détournait adroitement la conversation.

Cela la rendait un peu méfiante à son égard. Mais elle avait la réaction inverse dès qu'il la touchait.

Son doigt effleura la peau douce de sa pommette et elle sentit comme une brûlure. Elle évita son regard de peur de trahir son trouble.

Sa vulnérabilité la rendait furieuse. Oh, pourquoi avait-elle ressorti ce vieux fantasme bêtement romantique de son subconscient ? Justin ne rêvait pas d'une femme, lui, mais de faire exploser son indice d'écoute !

42

Peut-être n'avait-il vraiment besoin de personne.

Justin avait conscience de s'attarder un peu trop sur cette joue douce, mais il n'avait pas envie de retirer sa main. Il voulait prolonger le plus possible cet instant où l'expression de Rosalie était si... éthérée. Jamais il n'aurait cru qu'elle pût être si vulnérable et cette découverte l'intriguait.

— En voilà une charmante petite réunion, commenta soudain la voix de la présentatrice favorite du tout-Boston.

Surpris, Rosalie et Justin levèrent les yeux vers Gilda. Enveloppée dans une veste de renard argenté, elle salua aimablement Justin, et si son sourire engloba Rosalie, cette dernière sentit qu'elle n'était guère ravie de la voir.

— Je croyais que tu ne devais pas venir ce soir, lui dit-elle d'une voix suave.

— J'ai changé d'avis à la dernière minute.

— Je vois ça, et... que s'est-il passé ?

— J'ai eu une petite mésaventure avec une bouteille de ketchup, expliqua Rosalie en finissant de nettoyer son chemisier.

— Oui, une petite mésaventure, confirma Justin, pince-sans-rire, en regardant son assiette.

Ils pouffèrent en chœur et le sourire de Gilda se figea.

Soudain, un tonnerre d'applaudissements se fit entendre dans le bar, orchestré par Ernie.

— Bravo pour l'émission d'aujourd'hui, Gilda ! Vous étiez sensationnelle !

D'abord surprise, Gilda poussa un cri ravi et s'inclina.

— Merci, merci. Oh, je vous *adore* ! Et vous n'avez encore rien vu !

Elle accepta la coupe de champagne que lui tendait Ernie et échangea avec Justin un regard entendu. Rosalie s'assombrit. Après un tel hommage, Justin ne pouvait qu'être encouragé à poursuivre dans la voie des changements...

Gilda avança une chaise et s'assit près de Justin.

— Vous êtes en avance, tous les deux.

— Il est 7 heures moins le quart, Gilda, dit Justin.

Elle rit.

— Vraiment? Alors, je suis en retard.

Rosalie consulta sa montre.

— Moi aussi, dit-elle.

Elle se leva et enfila sa veste.

— Tu t'en vas? demanda Gilda avec un enthousiasme un peu trop évident.

— Oui, je dois accompagner Violette à sa leçon de patinage. Je suis heureuse d'avoir pu parler avec vous en dehors des studios, Justin. Je crois que j'ai une image plus claire du genre d'émission que vous voudrez à l'avenir.

— J'ai quelques suggestions, annonça Gilda.

— Je suis impatient de les entendre, répondit Justin. A propos d'avenir, j'aimerais que nous programmions un débat sur la voyance, prochainement, avec une extralucide et sa boule de cristal, une cartomancienne, un astrologue...

— Nous pourrons inviter mon astrologue! s'écria Gilda.

— Parfait, commenta froidement Rosalie. Absolument parfait.

3.

— Je vois... je vois un homme dans votre avenir.

Rosalie réprima à grand-peine une forte envie de rire. Madame Myra faisait partie des invités de l'émission qu'ils venaient de consacrer à la voyance.

Deux semaines avaient passé depuis que Justin avait suggéré d'exploiter ce thème. Une fois de plus, il avait mis le doigt sur un sujet cher au public et l'émission avait été un succès. Elle était terminée depuis un moment déjà, mais les spectateurs étaient restés pour questionner les médiums.

Dans un coin du plateau, le *Stupéfiant Tony* essayait d'aider une femme à retrouver son chien perdu. Un peu plus loin, les yeux fixés sur sa boule de cristal, l'extralucide Juliana annonçait à une mère déprimée que son fils allait avoir la varicelle.

Quant à Madame Myra, qui lisait l'avenir dans l'« aura vocale », elle mettait Rosalie en garde contre l'homme qui allait bouleverser sa vie.

— Ce ne sera pas une liaison facile. Il y a de la turbulence dans votre aura.

Elle semblait si sincère que Rosalie lui promit de se méfier des hommes turbulents.

Zoltan l'astrologue avait demandé une table pour étaler ses cartes du ciel et une petite foule se pressait autour de lui, Gilda en tête.

Apparemment, les gens trouvaient cela très drôle !

— Vous vous amusez bien ?

Rosalie leva les yeux vers le visage souriant de Justin. Comme par hasard, il était toujours là quand elle était en train de reconnaître qu'une de ses idées avait marché.

La vue de ses yeux bleus déclencha un délicieux petit frisson dans son épine dorsale. Il y avait maintenant trois semaines qu'elle travaillait avec lui et elle le trouvait chaque jour plus attirant. C'était fou.

Ils se disputaient sans cesse, chaque émission était pour eux l'occasion de s'affronter, mais même leurs querelles le rendaient intéressant aux yeux de la jeune femme.

Sa magie des mots, son imagination inépuisable défiaient quotidiennement l'esprit prudent et analytique de Rosalie. Exaspérant, on ne pouvait nier qu'il le fût. Mais il était aussi rafraîchissant et stimulant. En outre, il semblait apprécier leurs petites joutes.

— Qui a dit qu'un pigeon naissait toutes les minutes ?

— Vous m'étonnez, Rosalie. N'est-ce pas moi qui suis censé être cynique ?

— Madame Myra m'a dit qu'elle voyait de la turbulence dans mon avenir.

Il se pencha vers elle et murmura :

— Pas dans votre avenir, dans votre présent.

Elle s'efforça de ne pas rougir. N'y avait-il pas une certaine tendresse derrière ses taquineries? Elle était vraiment ridicule d'y attacher de l'importance.

Elle le regarda avec toute la nonchalance dont elle était capable.

— Elle m'a également dit qu'avec de la persévérance, j'obtiendrai ce que je veux, alors un peu de turbulence ne me fait pas peur.

Justin s'avança vers le premier rang des sièges des spectateurs et s'assit.

— Parfait. Alors vous accepterez sûrement l'invitée dont je vais vous parler.

Avec un soupir de lassitude, elle prit place derrière lui.

— Qui est-ce?

Il sortit un morceau de papier de sa poche.

— Elle s'appelle Mildred Cokely et, si j'ai bien compris, elle arrive à lire les pensées des animaux.

— Justin!

— Ce n'est pas si ridicule que ça en a l'air. En même temps qu'elle, nous recevrons des vétérinaires pour parler des animaux domestiques. Ce sera instructif et amusant.

— Une minute. Mildred Cokely va-t-elle faire une démonstration de ses talents?

— Bien sûr. Je pense que nous aurons un chien ou deux, un chat, un oiseau et peut-être un hamster.

— Un hamster? Nous allons être la risée de tout le monde!

Il la considéra d'un air impassible.

— Personne ne rit de nous. La remontée de

notre indice d'écoute ne fait que susciter les jalousies. On essaie même de nous copier.

— Quel exploit!

— Je prends cela pour un hommage. Du reste, la moitié de nos émissions restent sérieuses et frappent fort.

C'était vrai, mais pour combien de temps encore? Le goût de Justin pour les sujets originaux n'avait fait que se développer ces dernières semaines. Avec l'aide de Gilda.

Un silence gêné tomba entre eux. Le regard de Rosalie fit le tour du studio où quelques personnes écoutaient encore les prédictions de Zoltan et, poussant un soupir, elle prit le morceau de papier des mains de Justin.

— Je vais appeler Mildred. J'ai toujours voulu savoir ce qu'Alfred, mon chat, pensait de moi...

Il la regarda s'éloigner. Comme toujours, il était perturbé par l'attirance qu'elle exerçait sur lui.

Ce n'était pas seulement physique, même s'il se demandait si la peau de ses seins était aussi crémeuse que celle de son visage. C'était plus dangereux encore, car elle le défiait. Elle lisait au fond de lui et l'obligeait à réfléchir à chaque décision, à aller jusqu'au bout de lui-même pour contrer ses exigences et l'impressionner.

Il aurait aimé savoir ce qui se cachait derrière son sang-froid professionnel. Mais c'était rechercher les problèmes. Leurs relations de travail n'étaient déjà pas des plus paisibles. L'emporter sur lui procurait visiblement un plaisir indicible à Rosalie, mais, contrairement à d'autres, elle ne jalousait pas sa rapide ascension dans le monde de sa télévision.

Jusqu'à maintenant, il l'admettait volontiers, sa carrière était plutôt enviable. Mais il avait travaillé dur, très dur. Au début, il n'avait pourtant pas eu l'impression de travailler tant il se plaisait dans ce milieu. Il avait toujours adoré la télévision et, quand il était enfant, elle lui avait souvent servi de refuge lorsque ses parents se querellaient pour des questions d'argent.

Plongé dans ses belles histoires, il était tour à tour cow-boy, détective, commandant de vaisseau spatial, tout sauf le pauvre petit garçon délaissé d'une famille malheureuse.

En grandissant, il s'était intéressé au sport et aux filles, mais, toujours fasciné par le monde de la télévision, il avait fait de brillantes études journalistiques. Mille questions se bousculaient dans sa tête.

Pourquoi regardait-on telle émission plutôt que telle autre ? Quelle alchimie unissait le présentateur et son auditoire ? Comment ces rapports évoluaient-ils avec le temps ?

Fidèle téléspectateur depuis tant d'années, il possédait un sixième sens pour comprendre ces questions et jamais il ne s'était plaint des exigences de son travail. La réussite avait engendré la réussite.

Justin reprit le chemin de son bureau. Depuis un an, pourtant, il ne pouvait se défaire d'un sentiment d'échec.

Quand il avait vu son fils foncer droit sur le téléviseur pour éviter les retombées émotionnelles d'une nouvelle dispute entre ses parents, il avait compris que l'histoire se répétait. Le divorce avait tué ses rêves de famille heureuse. De telles familles n'existaient peut-être qu'à la télévision.

Justin se sentait partiellement responsable de l'échec de son mariage. Les exigences et les pressions constantes de son travail y avaient contribué, il le savait.

Mais la principale obligation d'un homme n'était-elle pas de subvenir aux besoins des siens ? Ce poste à Boston lui permettait d'entretenir correctement son fils. Il voulait pour lui une enfance gaie, insouciante, dénuée de tout souci matériel. Donner à son enfant tout ce dont il avait besoin, n'était-ce pas cela être un bon père ?

Et pourtant... il avait parfois des doutes. Décrochant le téléphone, il se demanda avec inquiétude comment allait réagir Tommy en apprenant qu'il ne pourrait assister à la fête costumée du jardin d'enfants à l'occasion d'Halloween, ce week-end. La direction de la chaîne avait fixé une réunion importante précisément ce jour-là et Justin ne pouvait décemment pas s'y soustraire.

Il entendit le téléphone sonner et on décrocha.

— Résidence Benedict.

— Tommy ?

— Papa !

— Tommy, tu viens de parler comme un grand garçon ! Jamais tu n'as répondu ainsi au téléphone.

L'enfant pouffa et Justin se sentit soudain très seul.

— Billy Nolan m'a dit qu'il répondait comme ça au téléphone alors je fais pareil !

— Très bien. Ces Nolan ne valent pas mieux que nous, que diable !

— Et tu sais quoi, papa ? Mon costume d'Halloween est dix fois mieux que celui de Billy. J'ai hâte que tu le voies.

Justin sentit sa gorge se serrer.

— Mmm... Tommy, j'ai une mauvaise nouvelle. Je suis vraiment désolé, je ne pourrai pas venir à ta petite fête.

Il entendit un hoquet, puis ce fut le silence.

— Tommy? Tommy, tu es là? Je suis navré, mon bébé, vraiment, mais j'ai une réunion que je ne peux pas...

— Tu m'avais promis d'être là!

— Je sais, je sais. Je déteste te faire faux bond, mais je viendrai te voir une semaine après Halloween. Je verrai ton costume de cow-boy à ce moment-là.

— Non! Ce sera trop tard! s'écria l'enfant avec colère. Tu... tu devais me dessiner une moustache avec le crayon à maquillage de maman!

— Maman pourra le faire.

— Je veux que ce soit *toi* qui le fasses! Je veux que tu viennes. Les papas de tous mes copains seront là.

— Je ne peux pas, Tommy...

Le petit garçon se mit à pleurer et ses sanglots transpercèrent le cœur de Justin.

— Tu es méchant... tu n'as pas tenu ta promesse.

— Oh, Tommy, ne pleure pas, je t'en prie, supplia Justin.

Il entendit le téléphone heurter le mur, puis la voix calme de son ex-femme se fit entendre. Il lui expliqua ce qui s'était passé, et elle lui dit que Tommy s'était enfui dans sa chambre. Elle promit de lui parler et de rappeler Justin.

Justin raccrocha. Il était venu à Boston en

croyant agir dans l'intérêt de Tommy, mais il se demandait s'il n'était pas en train de le laisser tomber.

Ce sentiment ne le quitta pas de toute la journée et même son entrevue avec Rosalie en fin d'après-midi ne parvint pas à dissiper sa dépression.

Elle avait les yeux brillants en pénétrant dans son bureau. Malgré lui, il remarqua que sa robe mettait en valeur ses courbes harmonieuses. Elle était ravissante.

Pourtant, jamais il ne la complimentait sur ses tenues, les problèmes d'image étant un sujet tabou au sein de l'équipe de *Vous informer*.

— Que se passe-t-il? demanda-t-elle en s'asseyant.

— Rien, répondit-il, surpris par sa finesse. Rien du tout.

Elle ne le crut pas un instant. Il émanait de lui une tristesse presque palpable, totalement inhabituelle chez un homme aussi sûr de lui. C'était poignant.

— Ne me dites pas que notre indice d'écoute a baissé? demanda-t-elle malicieusement.

Il eut un petit rire sans joie.

— Non, notre indice n'a pas baissé. Vous n'êtes pas obligée de me croire, mais d'autres choses peuvent m'affecter... Mais parlez-moi plutôt de votre idée d'émission.

— Cela va vous plaire. Je voudrais inviter d'anciennes vedettes enfantines de vieux feuilletons télévisés pour débattre de la célébrité chez les enfants. Avec leurs parents, bien sûr.

Justin se frotta pensivement le menton ; son silence encouragea Rosalie à poursuivre.

— Je voudrais que nous analysions le sujet sous cet angle : renonce-t-on à son enfance quand on devient acteur très jeune? Les jeunes stars en veulent-elles à leurs parents? Les parents se reprochent-ils d'avoir poussé leur progéniture à faire carrière dans le cinéma? La vie de la famille en a-t-elle souffert?

— Trop materner un enfant lui est préjudiciable.

— En effet. La seule chose qui soit encore pire est de ne pas assez l'entourer, riposta Rosalie.

A sa profonde surprise, Justin parut consterné.

— Si vous n'aimez pas mon idée...

— Non, c'est parfait. Avez-vous une idée des invités que vous aimeriez avoir sur le plateau?

— Je voudrais avoir le garçon qui jouait le rôle de Rusty dans *Rintintin*, ainsi que sa mère. Vous vous souvenez de ce feuilleton? Cela se passait dans un fort...

— Fort Apache.

— Exact. L'enfant et son chien était plus ou moins les mascottes des soldats du fort...

— Les parents de Rusty avaient été tués par les Apaches et il avait été recueilli par la cavalerie...

— C'était le beau lieutenant Masters qui était à la tête du régiment!

— Et il y avait aussi le sympathique caporal Boone.

— Je me croyais experte en la matière, mais je vois que vous n'avez rien à m'envier. Vous étiez donc un spectateur assidu de *Rintintin*?

— Absolument. J'adorais quand Rusty lançait son célèbre « Youhou, Rintintin! » et que le brave chien arrivait à la rescousse pour sauver un gentil soldat de l'attaque d'un méchant Indien apache.

Ils se mirent à rire. La mystérieuse tristesse de Justin semblait s'être envolée. Ses yeux bleus brillaient, ses fossettes s'étaient accentuées. Ah, ces irrésistibles fossettes! Ils étaient totalement complices dans cet accès de fou rire et elle en oubliait presque qu'il était son patron.

— Chez moi, personne ne manquait un épisode de *Rintintin*, reprit-elle quand elle fut un peu calmée. Mon père connaissait tous les personnages, même les personnages secondaires. Il se prétendait spécialiste ès *Rintintin*, c'était la grosse plaisanterie à la maison.

— Mon père à moi plaisantait rarement. L'existence était trop grave pour lui.

Cette allusion à un aspect aussi personnel de sa vie surprit Rosalie, excitant sa curiosité.

— Et votre mère?

Le visage de Justin se ferma.

— Elle n'avait guère de raisons de rire non plus. L'argent se faisait rare à la maison. Cela causait beaucoup de tension. Je me souviens qu'elle était très jolie quand elle était jeune... Quel genre de famille aviez-vous?

— Nous étions très unis.

— Vos parents vous manquent?

— Tous les jours. Ils étaient de véritables amis pour moi. Les vôtres vivent-ils encore?

— Non, et c'est bien triste car maintenant, je pourrais les aider financièrement. Ils connaîtraient enfin un peu de bonheur...

— Vous croyez que l'argent les aurait rendus heureux?

— L'argent rend tout le monde heureux.

— J'en doute, dit-elle calmement en croisant son regard. Il ne vous dit pas comment élever une adolescente.

Une lueur malicieuse pétilla dans les yeux bleus de Justin.

— Je suppose, néanmoins, que vous avez vos idées sur la question.

— Elles ne s'appliquent pas toujours très bien à une fille de seize ans.

— Je vous crois capable de faire face à tout.

Le compliment la prit de court. Plongeant son regard dans le sien, elle comprit qu'il était sincère. Elle en ressentit un plaisir inattendu.

— Je serais la mère idéale si je n'étais pas aussi lâche.

— Lâche, vous?

— Mmm... Je suis censée apprendre à conduire à Violette. Hélas, après une leçon sur un parking, j'ai une peur bleue de recommencer.

— Quel est le problème?

— Les autres conducteurs.

Justin sourit, mais devant la mine grave de la jeune femme, il reprit son sérieux.

— Nous avons failli emboutir *trois* voitures, et c'était sur un parking! s'écria-t-elle. La confiance de Violette est un peu ébranlée pour le moment, c'est normal, cependant le problème vient de ma propre nervosité. J'ai pensé à lui offrir des leçons de conduite, mais mon père a appris à conduire à ma mère, ma mère m'a appris, et c'est à moi d'apprendre à Violette. Si seulement je n'étais pas si terrifiée! Vous savez combien conduire est important pour un adolescent, et je suis en train de la laisser tomber!

Je suis en train de la laisser tomber...

Justin avait eu cette même pensée à l'égard de son fils. Il se sentit soudain en parfaite communion avec la jeune femme. Il aimait son assurance et son professionnalisme, mais la révélation de sa vulnérabilité le touchait plus profondément encore.

Il avait une solution à son problème.

— Je vais donner une leçon de conduite à Violette, dit-il.

— Quoi? Oh, non, je ne peux pas vous demander une chose pareille!

— Vous ne me le demandez pas, c'est moi qui vous le propose. J'ai une certaine expérience dans ce domaine. J'ai appris à conduire à ma sœur et à trois cousins et sans la moindre anicroche...

— Il ne s'agit pas de ça, mais vous n'avez pas le temps...

— Je viens d'arriver à Boston et j'ai du temps de libre. Du reste, je suis libre ce soir.

— Un vendredi soir? s'écria Rosalie, incrédule.

— A moins que vous n'ayez d'autres projets...

Elle s'agita sur son siège.

— Non, mais... je crois que Violette a un rendez-vous.

— Alors, je lui donnerai sa leçon juste après le travail, dit-il, tout content de son initiative. Il fera encore jour. Vous pourrez vous asseoir à l'arrière et nous guider. Et si vous avez peur, fermez les yeux.

Il agita son permis de conduire sous le nez de la jeune femme.

— Alors, qu'en dites-vous?

Que pouvait-elle dire? Il lui permettait de

résoudre un gros dilemme et elle lui en était reconnaissante. En outre, il semblait vraiment vouloir l'aider, comme s'il en avait *besoin*, mais elle aurait été bien en peine de dire pourquoi.

Justin l'observait. Il était aussi surpris qu'elle par sa proposition. Que diable, aider une autre famille ne résoudrait pas ses propres problèmes familiaux. Mais peut-être se sentirait-il un peu mieux.

Et puis l'idée de voir Rosalie en dehors du bureau le tentait. Comment était-elle en privé, loin des pressions de son milieu professionnel ? Il était curieux de le savoir.

— J'appelle Violette, dit-elle. Elle va être enchantée. C'est... très généreux de votre part, Justin.

— Les amis sont faits pour ça, non ?

— C'est *ça* que Violette va conduire ? demanda Justin d'un air incrédule.

— L'apparence n'est pas tout, répliqua Rosalie, piquée.

— Manifestement.

— Mais il est en parfait état, vous savez.

— Il ?

— Oui, heu... le *Président Ford*. C'est ainsi que Violette et moi appelons ma voiture.

Il éclata de rire et elle le contempla avec un plaisir non dissimulé. Quand il riait, ses fossettes se creusaient, ses yeux devenaient couleur saphir, et on ne pouvait s'empêcher de rire avec lui.

— Vous croyez pouvoir me suivre dans votre vieux tacot ? demanda-t-elle.

— Je vais essayer.

Traversant le parking, il s'installa au volant de sa Mercedes et fit s'emballer son moteur pour fanfaronner.

— Votre soupape de gauche a un problème! cria-t-elle.

Pour toute réponse, il fit rugir son moteur.

— Ne vous a-t-on jamais dit que plus votre voiture était longue, plus votre...

La Mercedes recula soudain dans une embardée, manquant Rosalie d'un cheveu.

— Hé! Vous avez failli me heurter!

— Le mot clé est *failli*, lança-t-il par sa fenêtre ouverte. Nous autres, hommes dignes de ce nom, ne heurtons jamais les femmes, c'est un principe.

Eclatant de rire, elle monta dans sa Ford. Dix minutes plus tard, elle s'arrêtait devant chez elle. Violette l'attendait et elle agita la main en voyant la voiture. Ses yeux s'agrandirent quand elle les posa sur la Mercedes.

— Inutile d'y songer, lui dit Rosalie. Tu vas apprendre avec le Président.

— On peut rêver, non?

Justin s'arrêta derrière Rosalie et descendit de voiture.

— Vous avez une bien belle automobile, monsieur Benedict, remarqua Violette.

— Appelez-moi Justin. Oui, j'aime bien ma Mercedes, mais votre sœur semble la trouver trop macho.

— Une bonne familiale avec trois enfants et dix sacs d'épicerie à l'arrière, voilà ce que j'appelle de la voiture, commenta Rosalie.

— Vous aimez les enfants?

— Oui. Même les adolescents. Violette, le jour tombe vite. Mettons-nous en route.

Rosalie se glissa à l'arrière du Président Ford tandis que Justin s'installait à l'avant à côté de Violette.

— Rosalie, l'intérieur de cette voiture est aussi unique que l'extérieur, commenta-t-il.

— Nous l'aimons bien.

— Elle est tout juste bonne pour la casse, grommela Violette.

— Quel âge a-t-elle?

— Une plaisanterie familiale raconte que Rosalie l'a achetée quand le président Ford était à la Maison Blanche.

Rosalie rit.

— C'est très exagéré. Il venait de quitter la présidence quand je l'ai eue, mais elle marche toujours. On y va?

Justin expliqua patiemment à Violette les rudiments du fonctionnement d'une automobile et elle se détendit un peu. Tournant la clé de contact, elle regarda nerveusement derrière elle pour vérifier que la voie était libre. Rosalie croisa son regard dans le rétroviseur et lui adressa un clin d'œil. L'adolescente sourit.

La voiture s'engagea sur Lancaster Street. Etant en première, elle se traîna à vingt à l'heure jusqu'à ce que Justin intervienne.

— Passez en seconde maintenant.

Violette agrippa le levier de vitesse, mais elle n'avait pas encore le doigté voulu. Le véhicule cala.

— Ce n'est rien, dit Justin. Redémarrez.

Elle obéit et de nouveau, ils remontèrent la rue à

la vitesse d'un escargot. Derrière eux, la file des voitures s'allongeait sur l'étroite rue à sens unique.

La deuxième tentative de Violette pour changer de vitesse la fit de nouveau caler. Poussant un soupir, elle jeta un coup d'œil dans le rétroviseur.

— Ne faites pas attention à eux, dit Justin. Ils attendront. Redémarrez et je passerai la vitesse avec vous.

Sa main sur celle de Violette, il l'aida à passer en seconde. Mais la jeune fille accéléra à peine. Derrière eux, une Mustang jaune klaxonna. Violette se mordit la lèvre, mais la Ford ne prit pas pour autant de la vitesse. Un nouveau coup d'avertisseur se fit entendre.

— Passons en troisième, dit doucement Justin. Essayez d'abord toute seule.

Rosalie grimaça quand Violette leva trop tôt le pied de la pédale d'embrayage. De nouveau, la Ford cala.

Ils étaient maintenant assourdis par une cacophonie de coups de klaxon impatients. Au bord des larmes, Violette écouta les conseils de Justin. Il était calme, apaisant. Mais Rosalie était blême.

Le conducteur de la Mustang hurla :

— Qu'est-ce qui se passe ? Vous avez eu votre permis dans une pochette surprise ?

Passant la tête par la fenêtre, Rosalie riposta :

— Elle apprend à conduire, espèce de plouc !

Soudain, Violette trouva la première et la voiture bondit en avant, laissant la Mustang sur place.

Violette et Justin éclatèrent de rire.

— Qu'y a-t-il de drôle ? demanda Rosalie.

— C'est vous qui l'êtes, répondit Justin. On dirait une tigresse défendant son petit.

Rosalie rougit et se mit à rire.

— Je ne supporte pas la grossièreté.

— Je te signale que c'est toi qui l'a traité de plouc, remarqua Violette avant de réussir superbement son passage en seconde.

Justin et Rosalie la félicitèrent, mais c'est à Justin qu'elle sourit timidement.

Il lui rendit son sourire et Rosalie lui jeta un regard plein de gratitude. Comme il était différent de l'administrateur froidement efficace qu'elle côtoyait au bureau! Le Justin qu'elle entrevoyait maintenant était gentil, patient. Exquis.

Justin la regarda. Quel beau visage, pensa-t-il. Ses lèvres pleines trahissaient une vulnérabilité qu'il trouvait irrésistible.

Soudain un autre visage encore plus vulnérable s'imposa à lui et une vague de culpabilité et de solitude le submergea, si intolérable qu'il ferma douloureusement les yeux. Que faisait-il là? Qu'avait-il à intervenir dans *cette* famille-ci?

Une main lui secoua doucement l'épaule. Il ouvrit les yeux à contrecœur et se retourna. Rosalie le regardait avec inquiétude et compassion. Il eut envie de l'embrasser.

— Hé, dit-elle avec douceur, c'est moi qui suis censée fermer les yeux.

Il lui sourit avec reconnaissance. Il était heureux qu'elle ne lui ait pas demandé ce qui n'allait pas.

— Qu'est-ce que je fais maintenant? demanda Violette.

Justin regarda la route.

— Nous arrivons à Harvard Square, mais il semble y avoir beaucoup de circulation. Prenez la première à droite.

— Je me sens plus sûre de moi et la circulation ne me fait pas peur.

— Préparez-vous à tourner.

— Oui, oui, mais...

— Fais attention, Violette, l'avertit Rosalie.

— C'est ce que je fais !

— Trop tard, commenta Justin.

— Mais non !

Violette tourna brusquement le volant à droite et ses passagers durent se tenir pour ne pas être renversés. Derrière eux, une voiture klaxonna tandis que la Ford tanguait, déséquilibrée, aux mains de Violette incapable d'en reprendre le contrôle.

Justin prit le volant juste à temps pour empêcher le véhicule de percuter une bouche d'incendie. A cet instant, le pied de Violette trouva le frein et la voiture s'arrêta à moitié sur le trottoir.

— Ce n'est pas comme ça qu'on prend un virage ! haleta Rosalie, encore sous le choc. On ralentit, on met son clignotant, et on tourne *ensuite* !

— Très bien ! J'ai commis une erreur. Je suis en train d'apprendre.

Rosalie s'efforça de se calmer.

— Après tout, nous sommes en vie et la voiture est en un morceau, du moins je l'espère. Mais sois plus prudente à l'avenir. Justin, je crois que vous nous avez sauvé la vie...

Il passa la main dans ses cheveux blonds.

— Que pourrais-je vous demander en échange d'un tel service ?

Rosalie sourit malicieusement.

— Vous pouvez demander à Violette de ne plus jamais vous prendre dans sa voiture.

— Très drôle, commenta l'adolescente en faisant redémarrer le Président Ford.

Dans la voiture, l'atmosphère se détendit. Justin savait s'y prendre avec Violette. Rosalie regrettait de ne pas avoir ce talent. Elle le regarda diriger la jeune fille dans les charmantes petites rues du quartier de Cambridge et l'université de Harvard.

Quand le soleil commença à décliner, Violette prit lentement le chemin du retour car elle ne voulait pas être en retard à son rendez-vous.

Devant leur appartement, Rosalie remarqua une voiture de sport rouge mal garée. Apparemment Kevin Lucas était arrivé.

— Merci beaucoup pour cette leçon, Justin, dit Violette. Vous avez été très patient et je vous en suis reconnaissante.

— Ce fut un plaisir, Violette.

Il aida Rosalie à descendre de voiture et lui sourit, mais la jeune femme était tendue. Elle regardait Kevin.

En apparence, Kevin Lucas était le jeune homme parfait. Il était poli, présentait bien et possédait un visage angélique. Sa famille habitait un superbe manoir sur Brattle Street, dans le quartier le plus chic de la ville.

Mais derrière cette façade séduisante, Rosalie le soupçonnait d'être un enfant gâté égoïste. Ses parents le laissaient faire ce qu'il voulait, trouvant même très drôles ses plaisanteries douteuses, comme de diluer les bouteilles d'apéritif de la maison avec de l'eau pour voir si quelqu'un s'en rendrait compte. Ils ne se souciaient manifestement pas de savoir où était passé l'alcool manquant, et Violette avait trouvé la plaisanterie particulièrement savoureuse.

Rosalie, elle, s'inquiétait. D'après les renseignements qu'elle avait pu soutirer à sa sœur, Kevin avait beaucoup de succès auprès des filles. De toute évidence, Violette avait été flattée de retenir son attention. Kevin semblait toujours obtenir ce qu'il voulait, et Rosalie le soupçonnait de vouloir Violette.

En compagnie de Justin, elle se dirigea vers la voiture de sport rouge. Kevin en descendit et embrassa Violette. Tandis que la jeune fille faisait les présentations, Rosalie jeta un coup d'œil à l'arrière de la voiture.

Sur le plancher, à demi caché par un pull-over, il y avait un pack de six bouteilles de bière.

4.

Rosalie ne voulait pas faire une scène, pourtant il fallait agir vite.

— Heu... Kevin, il y a de la bière à l'arrière de votre voiture...

Les sourires polis se figèrent et le silence se fit.

— Vraiment? commenta Kevin d'un air étonné. Laissez-moi voir.

Il ouvrit la portière arrière et sortit un sweat-shirt de l'université de Harvard.

— Ah oui, je comprends! Mon frère aîné m'a emprunté ma voiture hier, il a dû oublier le sweat et la bière derrière.

Il semblait sincère, mais Rosalie ne fut pas dupe un seul instant. Il prit le pack de bière et le lui tendit.

— Tenez, prenez-la. J'ignorais vraiment qu'elle était là.

Rosalie ne lui rendit pas son sourire. Il savait pertinemment qu'elle interdisait à Violette de boire.

— Votre frère n'a pas de voiture? demanda-t-elle.

— Si... si, bien sûr, mais elle est en réparation. Ces voitures étrangères sont toujours en panne, vous savez ce que c'est.

— Non, je ne le sais pas. J'ai une Ford.

Kevin garda son expression affable. Violette glissa sa main dans la sienne, implorant silencieusement sa sœur de les laisser partir sans faire de scandale.

Mais Rosalie n'avait aucune confiance en Kevin.

— Dites-moi, quels sont vos projets pour ce soir? demanda-t-elle.

Kevin haussa les épaules.

— Nous avions l'intention de passer une soirée tranquille.

— Ah? Où cela?

— Il y a un bon film à la télévision. Nous pensions le regarder chez moi.

— Vos parents seront là?

— Tu n'as vraiment aucune confiance en nous, protesta Violette. Si j'avais douze ans, je comprendrais, mais je ne suis plus une gamine. Quand comprendras-tu que j'ai grandi?

— J'ai eu seize ans, moi aussi. Je sais ce que c'est.

— Etais-tu aussi parfaite que tu l'es maintenant? lança Violette.

L'accusation décontenança Rosalie. Elle faisait de son mieux pour élever correctement Violette, mais c'était difficile. Elle n'était pas parfaite, loin de là ; et si les règles imposées par ses parents pendant son adolescence l'avaient considérablement irritée, elle savait maintenant qu'elles étaient nécessaires.

Justin, qui était resté discrètement à l'écart, s'avança.

— J'ai une idée. Que diriez-vous de sortir ce soir?

Kevin le regarda d'un air soupçonneux.

— Pour aller où? demanda Rosalie.

— J'ai lu dans le journal qu'une boîte appelée O'Callahan's organisait une soirée sans alcool pour tous ceux qui aiment la danse et la bonne musique. Mais je ne sais pas où c'est.

— C'est dans Teele Square, expliqua Violette. Ce n'est pas loin d'ici. J'ai entendu dire que les Wild Cards se produisaient là-bas. Il paraît que c'est un groupe fantastique.

Kevin hocha la tête sans enthousiasme et Violette lui pressa la main.

— J'aimerais bien y aller, Kevin.

A en juger par sa moue, Kevin n'appréciait guère la lumineuse idée de Justin, mais ce n'était pas le cas de Rosalie. Elle adressa à Justin un sourire reconnaissant. Il hocha imperceptiblement la tête.

— C'est une bonne idée, non? dit-elle.

Violette sourit.

— Je suis de cet avis.

Justin se tourna vers Rosalie.

— Si nous y allions aussi?

— Quoi?

— Mais oui, intervint Violette. Tu aimes danser, Rosalie, et il y a des lustres que tu n'es pas sortie!

— Eh bien, allons-y, dit Justin.

Rosalie croisa son regard bleu.

— Cela me plairait beaucoup. J'ai simplement besoin de me changer.

Tandis qu'ils pénétraient dans l'appartement, Rosalie ne put s'empêcher de se demander comment, de la leçon de conduite, Justin en était arrivé à l'inviter à sortir.

Rosalie et Violette aimaient beaucoup leur appartement situé dans un vieux quartier de Boston plein du charme de la Nouvelle-Angleterre. Il était composé d'un grand living et de deux chambres, et leur chat était si gros qu'elles se plaisaient à dire qu'il aurait mérité une troisième chambre pour lui tout seul.

Dans le séjour où Justin et Kevin attendaient les deux sœurs, différents styles se mariaient avec bonheur et l'ensemble dégageait une impression confortable et chaleureuse. Un canapé de chintz hérité de leurs parents complétait harmonieusement un tapis Arts-Déco aux teintes plus pâles. Plus loin, une petite table en bois cérusé voisinait avec une grande bibliothèque moderne et un joli bureau ancien que Rosalie avait déniché chez un antiquaire.

Rosalie enfilait une robe en soie vert amande quand on frappa à la porte de sa chambre.

— C'est moi, dit Violette.

— Entre.

Violette portait une minirobe rouge qui mettait en valeur ses jolies jambes.

— Je... je voulais m'excuser pour ce que je t'ai dit tout à l'heure, Rosalie. Tu sais, à propos de ta soi-disant perfection...

Touchée, Rosalie entoura ses épaules de son bras.

— Tu veux dire que je ne suis pas parfaite ?

Elles éclatèrent de rire. Rosalie savait qu'il faudrait qu'elle ait une conversation sérieuse avec sa sœur à propos de Kevin, mais le moment était mal choisi.

— Rosalie, tu te rends compte que c'est ton premier rendez-vous galant depuis des années !

— Ce n'est pas exactement un rendez-vous galant.

Rosalie alla jusqu'à sa coiffeuse et défit sa longue natte, laissant sa lourde chevelure noire crouler sur ses épaules.

Violette croisa son regard dans le miroir.

— Si ce n'est pas ça, pourquoi portes-tu cette robe sexy ?

O'Callahan's était une ancienne salle de bal qui s'était modifiée avec les années. L'estrade où Tommy Dorsey et Benny Goodman avaient jadis enthousiasmé les foules avec le swing avait disparu depuis longtemps.

Elle avait fait place à une scène plus fonctionnelle où se produisaient maintenant les meilleurs groupes rock de la Nouvelle-Angleterre. Il ne restait plus que quelques ornements du style Arts-Déco d'origine qui se mariaient avec plus ou moins de bonheur aux affiches colorées et aux spots fluorescents ajoutés par la suite.

Quand le petit groupe arriva, l'endroit était déjà bondé. Immédiatement, Violette et Kevin se mêlèrent aux jeunes de leur âge.

Rosalie regarda autour d'elle. Justin et elle étaient parmi les plus âgés. Justin avait abandonné sa veste et sa cravate, mais son pantalon de flanelle et sa chemise en oxford contrastaient avec les tenues extravagantes qui les entouraient.

Rosalie sourit, amusée, quand deux jeunes filles avec, chacune, un petit anneau dans le nez, se poussèrent du coude en dévisageant Justin d'un air appréciateur.

« Un bel homme est un bel homme, quel que soit son âge », pensa-t-elle.

— Si j'avais su que tout le monde aurait les cheveux violets, j'aurais teint les miens, murmura-t-il à son oreille.

Elle pouffa.

— Ce n'est pas grave. Je vous aime bien, même si vous êtes différent.

— C'est vrai? demanda-t-il gravement.

Quelque chose avait changé entre eux pendant la leçon de conduite de Violette et la confrontation qui avait suivi. Elle avait découvert un homme très différent de l'image qu'il voulait donner au studio.

— Oui, je vous aime bien.

Il sourit et elle sentit la chaleur de son sourire l'effleurer comme une caresse.

Soudain, un bruit assourdissant se fit entendre. Ils sursautèrent. Le tintamarre venait des Wild Cards qui commençaient à jouer. Rosalie couvrit ses oreilles de ses mains.

— Allons danser, cria Justin. Cette chanson a un rythme fantastique, même si on ne comprend rien aux paroles.

— Ça vaut peut-être mieux...

Il lui prit la main et l'entraîna vers la piste de

danse. Autour d'eux, des corps vêtus de tenues les plus invraisemblables tournoyaient, des éclairs multicolores flamboyaient au rythme de la musique assourdissante.

Rosalie regarda Justin.

Il avait commencé à danser et visiblement, il était à l'aise avec son corps. La musique était si forte qu'ils ne pouvaient se parler, mais les mots n'étaient pas nécessaires.

Chaque pas de Justin témoignait du plaisir qu'il éprouvait à bouger, à se mouvoir. Le sérieux directeur de production avait complètement disparu au profit de cet homme qui dansait sans complexes.

Au début, Rosalie se sentit un peu rouillée, maladroite. Il y avait si longtemps qu'elle n'avait pas dansé !

Mais la joie de Justin était contagieuse. Très vite, les jambes de la jeune femme trouvèrent le pas, ses hanches suivirent le rythme. Bientôt, elle se sentit capable de danser toute la nuit' sans s'arrêter.

La chanson terminée, une autre suivit sans qu'ils quittent un seul instant la piste de danse. Rosalie ne se rappelait pas s'être autant amusée de sa vie.

— Je m'amuse comme une folle ! hurla-t-elle à l'adresse de Justin.

Il éclata de rire.

Au milieu d'un rock and roll, Justin saisit la jeune femme et l'entraîna dans un bon vieux swing. Elle connaissait mal les pas, mais elle aimait ses bras autour d'elle et elle s'efforça de suivre. Autour d'eux, les jeunes gens les regardaient comme s'ils avaient dansé le menuet.

Rosalie découvrit qu'elle adorait le swing! Elle adorait sentir la poigne ferme de Justin quand il la faisait tourner avant de la ramener dans ses bras.

Il se moquait qu'elle ne connaisse pas les pas. Et peu importait qu'elle lui marche sur les pieds. Du moment qu'elle s'amusait, il semblait heureux.

Il l'attira une nouvelle fois à lui et, en un geste théâtral, il la renversa en arrière comme au bon vieux temps du tango. Autour d'eux, les autres danseurs cessèrent d'exister. L'univers ne se réduisait plus qu'à eux deux.

— Voulez-vous apprendre d'autres pas? demanda-t-il en la ramenant vers lui.

Elle n'eut pas le temps de répondre. Déjà les premières mesures d'une douce ballade se faisaient entendre.

Elle acquiesça d'un sourire et il l'attira dans ses bras. Il la tenait serrée contre lui et sa hardiesse la surprit, mais s'il avait gardé une distance polie, elle aurait été déçue.

Sa tête lui arrivait à peine à l'épaule et elle posa la joue contre sa poitrine. Elle sentit son souffle sur ses cheveux.

Comme elle l'avait pressenti, le corps de Justin était mince et dur. Il la guidait avec une douce autorité et elle se laissait faire, les yeux clos. Elle était enfin dans ses bras et c'était délicieux.

Allait-il compter pour elle? Elle dissimula un sourire. Quelle drôle d'idée! Quelques heures plus tôt, elle en aurait bien ri.

Maintenant, dans ces bras qui la tenaient si tendrement, elle en venait à se demander comment se passerait une liaison avec lui.

Imprévisible, elle le serait certainement. On pouvait compter sur lui pour surprendre. Il avait des douzaines d'idées originales par jour. Parfois il l'irritait, souvent il la déconcertait. Qui aurait deviné qu'il proposerait de donner une leçon de conduite à Violette?

Elle avait découvert un aspect tout à fait inattendu de sa personnalité, la gentillesse. Il s'était montré doux et patient avec Violette.

Bien sûr, son célèbre charme agissait sur toutes les femmes, mais il n'avait rien à gagner à impressionner Violette... à moins qu'il n'ait voulu l'impressionner, elle.

« Finalement, nous nous ressemblons sur bien des plans, songea-t-elle. Nous battre ne nous fait pas peur et nous aimons rire, plaisanter. Logiquement, nous devrions nous entendre. »

Il la tenait plus étroitement et elle avait de plus en plus de mal à réfléchir. Elle sentit sa main glisser le long de son dos pour l'attirer plus près.

Avec cette robe légère, elle avait l'impression d'être nue dans ses bras et son corps était parcouru de sensations exquises. Depuis combien de temps n'avait-elle pas éprouvé un tel émoi?

Pour quelqu'un qui aimait contrôler toutes les situations, elle faisait preuve d'une étrange soumission à cet instant. C'était comme si son corps s'éveillait après une longue hibernation... et en était plutôt ravi.

Une partie d'elle-même lui soufflait que cela ne

pouvait que lui attirer des ennuis. L'autre partie ne demandait qu'à avoir des ennuis.

Ils se balançaient au son de la musique, si étroitement enlacés qu'ils ne faisaient qu'un.

Puis Justin s'arrêta de danser. Levant la tête, elle s'aperçut que le slow était fini. Justin desserra son étreinte, mais ne la lâcha pas, et elle ne vit aucune raison de bouger. Elle était merveilleusement bien.

Il dut deviner ses pensées car il s'inclina vers elle. Elle sentit son souffle sur son visage et attendit le doux contact de ses lèvres, le goût de sa bouche...

Soudain, une explosion se répercuta dans la vaste salle. Le quart d'heure sentimental était terminé, le hard rock reprenait ses droits. Justin étouffa un juron, mais le bruit ramena Rosalie à la réalité.

Comment pouvait-elle avoir de telles pensées à propos d'un homme qu'elle connaissait si peu? Son patron, de surcroît?

— Je crois qu'il est temps de partir, dit-elle à Justin. Je vais le dire à Violette. Kevin et elle voudront probablement rester davantage.

— Je vais chercher la voiture.

Sur le chemin du retour, Justin se demanda si Rosalie allait l'inviter à prendre un dernier verre chez elle. Cela ne mènerait pas forcément à quelque chose... à moins qu'ils n'en aient envie.

Lui en avait envie. Danser avec elle n'avait fait qu'exacerber son désir pour elle. Elle avait été si différente ce soir quand son corps ondulait sensuellement contre le sien, avec ses longs cheveux

74

noirs répandus sur ses épaules... Il avait eu envie de prendre à pleines mains cette magnifique toison brillante, de promener ses lèvres sur sa peau ivoire. Le tissu arachnéen de sa robe invitait aux caresses. Il soulignait ses seins pleins, sa taille fine, ses hanches rondes.

Devant la porte de son appartement, Rosalie glissa la clé dans la serrure. Pendant tout le trajet du retour, elle s'était demandé si elle allait inviter Justin à entrer. Il serait impoli de ne pas lui proposer au moins une tasse de café.

« *Impoli, tu parles! Tu veux qu'il t'embrasse, oui! Tu en as eu envie toute la soirée!* »

Mais n'était-ce pas aller au-devant de complications? Car, quoi qu'il arrive, il n'en demeurait pas moins son patron. Comme tel, il détiendrait toujours un certain pouvoir sur elle et elle craignait que la situation ne lui échappe.

Mais il y avait si longtemps qu'elle ne s'était pas sentie aussi vivante, aussi femme...

En outre, elle avait l'appartement pour elle toute seule pendant encore au moins une heure.

— Voulez-vous entrer prendre une tasse de café? proposa-t-elle.

Il sourit.

— Avec plaisir.

Le laissant regarder sa collection de disques, elle alla préparer le café dans la cuisine. Elle dressait les tasses sur un plateau quand elle entendit la voix grave et émouvante de Sarah Vaughan chanter une douce ballade.

Elle porta le plateau dans le salon et s'assit près de Justin. Ils burent leur café en silence tandis que Sarah Vaughan chantait une complainte nostalgique de Cole Porter.

Le silence s'éternisa. Rosalie commençait à se demander si elle ne s'était pas méprise sur l'intérêt que lui portait Justin. Délaissant son café, elle s'adossa au canapé.

Au milieu d'un air de Gershwin, elle prit conscience que Justin l'observait. Elle chercha son regard. Il avait une intensité qu'elle ne lui avait jamais vue. Un regard droit, direct, explicite. Elle en fut bouleversée.

Pendant plusieurs minutes, il n'y eut d'autre bruit dans la pièce que la voix chaude de Sarah Vaughan chantant une triste histoire d'amour.

Justin s'approcha de Rosalie et elle sentit son cœur s'emballer.

— Cette chanson est vraiment très pessimiste, dit-il.

— Vous trouvez? On risque toujours d'être malheureux quand on est avec quelqu'un.

— Peut-être, mais si personne ne courait ce risque, nous serions tous seuls.

Il était si proche qu'il n'eut qu'à incliner la tête pour l'embrasser. Quand ses lèvres frôlèrent les siennes, elle eut un mouvement de recul incontrôlé. Il y avait si longtemps qu'un homme ne l'avait pas touchée!

— Justin, il faut que je vous explique. Je n'ai pas... je veux dire...

— Nous pouvons en rester là si vous le désirez, dit-il doucement.

— Je pense seulement que je dois vous dire...

— Ne pensez pas, murmura-t-il en jouant avec

une longue mèche de ses cheveux. Laissez-vous aller. Tout prendra sa place.

— Céder à mes impulsions ne me vaut rien...

— Ce n'est pas mon cas.

Il l'embrassa de nouveau, et cette fois, son baiser se fit plus intime. Elle sentit une vague d'excitation la submerger. Au fond d'elle-même, une petite voix essaya bien de la mettre en garde, mais elle l'ignora.

Elle *voulait* se laisser enfin aller ! Elle était lasse de contenir sans cesse ses émotions.

Laissant libre cours à une sensualité trop longtemps bridée, elle répondit ardemment à son baiser. Il la serrait contre lui et elle avait noué ses bras autour de son cou.

Elle se laissa glisser sur le canapé et se cambra pour mieux sentir le corps de Justin sur elle.

Abandonnant sa bouche avec un soupir, il baisa ses paupières, ses tempes, ses joues. Puis ses lèvres cherchèrent la peau délicate de son cou, tandis que ses mains exploraient les courbes de son corps.

— Oh, Justin, qu'est-ce que nous sommes en train de faire ?

Il leva la tête et elle croisa son regard brûlant.

— Je ne sais pas, mais j'aime ça.

Ils rirent.

Il couvrit sa gorge de baisers.

— J'aime ça, moi aussi, murmura-t-elle.

— Et là, vous aimez ? dit-il en baisant le creux de son épaule.

— Oui...

— Et ici ? fit-il en lui taquinant le lobe de l'oreille.

— Mmm...

Il déposa un baiser léger sur ses lèvres.

— Et là?

— Oui, mais pas si vite...

Il rit et, reprenant sa bouche, il l'embrassa avec une sensualité qui embrasa la jeune femme. Elle répondit à son baiser avec une ardeur qui la surprit elle-même.

Dans le feu de la passion, elle n'entendit pas immédiatement le cliquetis de la serrure.

— Je n'arrive pas à le croire! s'écria Violette.

Instantanément, Rosalie et Justin se redressèrent. Dans l'entrée, Violette et Kevin les regardaient, la jeune fille avec gêne, l'adolescent avec suffisance.

Hébétée, Rosalie les fixa.

— Que... que fais-tu là, Violette?

— J'habite ici...

— Il est donc si tard?

— Qu'est-ce que tu crois? Je suis rentrée plus tôt, c'est tout.

Rosalie était affreusement embarrassée. Elle jeta un coup d'œil à Justin, mais il semblait seulement amusé. Kevin avait un air supérieur qu'elle trouva intolérable.

— Bonne nuit, Kevin! jeta-t-elle.

— Bonsoir, tout le monde.

Le jeune homme embrassa Violette sur la joue et sortit. Dès que la porte se fut refermée derrière lui, l'adolescente regarda sa sœur d'un air effronté.

— Eh bien, on peut dire que tu me donnes le bon exemple, Rosalie. Moi qui te trouvais collet monté et démodée!

— Violette, il y a une grande différence entre toi et moi.

— Oui. Tu le fais et moi pas.

Rosalie se leva.

— Nous n'avons rien fait.

— Nous nous embrassions, c'est tout, dit Justin.

— Bien sûr... Et si j'étais rentrée dix minutes plus tard, qu'est-ce que j'aurais vu? Une scène de film pornographique?

— Violette! s'écria Rosalie.

Justin posa la main sur son bras.

— Du calme.

— Justin et moi sommes adultes, Violette.

— Ce qui veut dire que tu peux faire des choses que je ne peux pas faire.

— En gros, c'est ça.

Violette secoua la tête.

— Eh bien, je ne suis pas d'accord. C'est injuste.

Rosalie se massa les tempes avec lassitude.

— Ne pouvons-nous pas en discuter à un autre moment?

— Qu'y a-t-il à discuter? Tu prétends qu'il y a des règles pour toi et d'autres pour moi. Les parents de mes amies ont tous la même attitude hypocrite. C'est comme prêcher des choses qu'on n'applique pas. Eh bien, bonne nuit, vous deux. Rappelez-vous quand même que je suis dans la pièce voisine.

Rajustant nerveusement son sac sur son épaule, elle gagna sa chambre.

Rosalie se laissa tomber sur le canapé et leva les yeux au ciel en soupirant.

— Pourquoi a-t-il fallu qu'elle rentre plus tôt que d'habitude ce soir entre tous ? C'est la première fois que ça lui arrive !

— Ne vous tracassez pas pour ça, dit Justin.

Elle lui jeta un regard surpris.

— Comment cela ? Ce qui vient de se passer va poser des problèmes, vous ne pouvez l'ignorer.

— Ce qui s'est passé entre nous, ou le fait que Violette en ait été témoin ?

— Je ne sais pas, répondit-elle en détournant les yeux. Les deux, peut-être... Vous paraissiez trouver la situation plutôt amusante.

— Ce n'est quand même pas une tragédie. Je n'ai pas honte de ce que j'ai fait ce soir. Mon seul regret est que nous ayons été interrompus. Et vous ?

Elle secoua la tête.

— Je ne regrette rien, moi non plus. J'y ai pris autant de plaisir que vous, mais je déplore que Violette nous ait vus !

Il vint se rasseoir près d'elle.

— Qu'avons-nous fait de mal ?

— Rien, mais...

— Eh bien ?

Elle lui prit la main et la porta à sa joue.

— Violette va peut-être croire que cela lui donne le droit d'en faire autant.

Il lui caressa doucement la joue.

— Rosalie, les adolescents flirtent depuis toujours, ce n'est pas nouveau.

— Je crois que Kevin la pousse à aller plus loin. Elle pense probablement que si elle n'était pas rentrée si tôt, nous aurions fait l'amour.

— L'aurions-nous fait?

Elle songea aux brefs moments passés dans ses bras. Elle le désirait tant qu'elle se demandait jusqu'où elle aurait pu aller. Et cependant, une impétueuse étreinte avec Justin aurait représenté un pas de géant pour sa nature prudente.

Elle soupira.

— J'ignore comment la soirée se serait terminée, Justin, mais je sais que je suis adulte et que Violette ne l'est pas. Et je n'ai rien fait de mal ce soir. J'ai droit à une vie amoureuse, comme tout le monde.

— Certainement, acquiesça-t-il en souriant.

— Violette est en pleine mutation en ce moment et elle est troublée par l'aspect physique de la relation amoureuse, même si elle n'est pas prête à franchir le pas. Je *dois* l'aider à refréner ses impulsions jusqu'à ce qu'elle ait la maturité nécessaire. Je ne veux pas qu'elle soit entraînée trop vite par un petit ami trop impatient.

Il s'écarta.

— Rosalie, vous êtes candide.

Elle le regarda.

— Non, je ne le suis pas.

— Si. C'est naïf de votre part de croire qu'en jouant les modèles parfaits, vous empêcherez votre sœur de faire ce qu'elle veut.

C'était la deuxième fois de la soirée qu'on l'accusait d'être parfaite. Violette et Justin ne voyaient-ils donc pas qu'elle avait un mal fou à garder la tête hors de l'eau?

— Un bon parent crée pour son enfant un environnement qui lui montre clairement ce qu'est un comportement responsable. Apprendre à Violette à être responsable dans le domaine sexuel m'est très difficile car ma vie amoureuse a forcément un impact sur la sienne. Elle s'inspire de ce que je fais ou ne fais pas. Le fait que je sois adulte alors qu'elle n'est encore qu'adolescente ne change rien à ses yeux.

— Rosalie, il n'y a plus de bonnes filles ou de mauvaises filles.

— Et c'est vous qui me qualifiez de naïve ? Il y a toujours deux poids deux mesures, Justin. Si nous avions fait l'amour et que la nouvelle était parvenue aux oreilles de nos collègues de la chaîne, qui croyez-vous qu'on qualifierait d'opportuniste ?

Il secoua la tête.

— Vous avez droit à une vie sexuelle. Vous ne pouvez pas la sacrifier à votre sœur ou au qu'en-dira-t-on. Vous allez trop loin.

— Trop loin ? Pouvez-vous me dire dans quelle limite on se préoccupe trop de quelqu'un ? Il y a deux ans, je suis devenue mère célibataire en une nuit. Comme ça ! Brusquement, *j'étais* responsable de Violette. Croyez-vous que je savais ce que je faisais ? Croyez-vous que j'en sois absolument sûre aujourd'hui ?... Je sais que les choses sont différentes de ce qu'elles étaient pendant mon adolescence, mais cela ne veut pas dire que ce soit bien.

Touché par sa détresse, Justin s'adoucit.

— C'est si moche que ça ? On dirait que chaque génération mûrit plus vite que celle qui la précède.

Rosalie émit un petit rire.

— Bien trop vite, si vous voulez mon avis. Mais je ne peux pas permettre à Violette de faire tout ce qu'elle veut simplement parce que toutes ses amies le font. Que vous le vouliez ou non, je suis un exemple pour elle.

Il la dévisagea.

— Rosalie, cela ne veut pas dire que vous ne sortirez plus avec moi, n'est-ce pas?

Elle secoua la tête.

— Vous ne comprenez pas.

— Mais si. Seulement vous avez le droit de mener votre propre vie.

— Je suis responsable d'une autre personne que moi-même!

— Moi aussi! J'ai un enfant.

Immédiatement Justin se raidit. Il détourna les yeux.

Elle le regarda fixement. Il semblait toujours parler de son fils par hasard.

— Tommy, c'est cela? Quel âge a-t-il?

— Cinq ans, dit-il doucement.

Elle scruta son visage pensif. Il semblait mal à l'aise maintenant.

— Pourquoi n'en parlez-vous jamais?

— Je préfère garder à ma vie personnelle son caractère privé. D'ailleurs, c'est un sujet doulou-reux. Tommy a été perturbé par ma venue ici. Il est encore malheureux. Il ne comprend pas pour-quoi j'ai dû accepter ce poste, pourquoi c'est si important. Mais Dieu qu'il me manque...

Jamais Rosalie n'avait vu Justin aussi vulné-rable.

— Quand allez-vous le voir?

— Il doit venir très bientôt… Je souffre de ne plus le voir tous les jours. Les enfants changent si vite à cet âge-là. Je ne sais pas… Quand Larry m'a fait cette proposition, j'ai pensé…

— Que sauver *Vous informer* était une opportunité à ne pas manquer pour votre carrière.

Il fronça les sourcils.

— C'était, *c'est* une chance inespérée. Il aurait fallu être stupide pour ne pas la saisir.

— Qui prétend le contraire?

— Votre commentaire sonnait comme une condamnation.

— Vous imaginez des choses.

Soudain Justin perdit son calme.

— C'était une critique, je ne suis pas fou.

— Je voulais seulement dire que…

— Je sais ce que vous vouliez dire, lança-t-il en se levant. Vous vouliez dire que dans le domaine des priorités, j'avais fait passer ma carrière en premier. C'est *vous* qui êtes la bonne mère en vous inquiétant sans raison pour un incident sans importance lorsque Violette nous surprend.

— Je ne m'inquiète pas sans raison, riposta-t-elle.

— Oh, que si. Vous vous inquiétez, vous soupesez, vous réfléchissez à tout. Vous en arrivez même à regretter la seule chose spontanée que vous ayez faite de toute la soirée. Vous sacrifieriez sans remords une relation avec moi si vous pensiez que Violette peut en souffrir. Mais alors, qu'ai-je sacrifié pour Tommy, *moi*?

84

Piquée au vif, embarrassée, Rosalie répondit :

— Ce n'est pas ce que je pense, mais ce que *vous* pensez de vous-même !

— C'est ridicule.

— Alors, pourquoi êtes-vous tellement sur la défensive ? Je ne vous ai pas accusé de négliger votre fils. Et c'est vous qui avez parlé de sacrifice.

— Vous avez sous-entendu que je faisais passer ma carrière en priorité. Mais vous ne vous comportez pas différemment.

— Violette compte plus que ma carrière.

— Et Tommy est la personne la plus importante de mon existence ! J'ai accepté ce poste justement pour lui donner le genre de choses que je n'avais pas eu étant enfant.

— Alors, pourquoi est-il malheureux ? demanda-t-elle d'une voix douce.

Justin pâlit. Il était manifeste qu'il regrettait d'avoir abordé ce sujet douloureux. Ramassant sa veste, il se dirigea vers la porte.

— Je dois partir.

La main sur la poignée, il se retourna. Son regard durci se posa sur la jeune femme.

— Rosalie, vous êtes une bonne mère, mais y a-t-il parfois autre chose dans votre vie que Violette et votre travail ? Excepté ce soir, bien sûr... A propos, vous désiriez ces baisers. Vous en aviez besoin.

— Vous êtes injuste ! Votre fils a deux parents, dont un à plein temps. Violette n'a que moi.

— Je suppose que cela signifie que vous n'aurez jamais de temps pour personne en dehors de votre travail...

— Il faut que je réfléchisse, répliqua-t-elle, blessée par ses commentaires.

Il secoua la tête.

— C'est drôle, remarqua-t-il en ouvrant la porte. Ce soir, nous avons connu nos meilleurs moments en suivant notre instinct, pas en réfléchissant.

Elle baissa les yeux sur sa tasse de café froid.

— Oui, et voyez où nous en sommes...

Elle entendit la porte se refermer derrière lui. Pendant plusieurs minutes, elle resta assise sans bouger. Sarah Vaughan chantait une tendre histoire d'amour. Rosalie ne put le supporter.

Elle se leva et alla éteindre la chaîne stéréo. Elle n'avait nulle envie d'entendre chanter le bonheur alors qu'elle éprouvait une telle sensation de perte et de solitude.

5.

Au milieu de la foule rassemblée sur le plateau de *Vous informer*, Justin regardait Rosalie. Ses traits délicats avaient une expression désenchantée, mélancolique. Elle s'était montrée distante depuis leur dispute une semaine auparavant. Peut-être était-elle seulement mécontente du sujet inhabituel de l'émission de cet après-midi.

Un couple se mariait. Il avait eu l'idée d'organiser une vraie bénédiction nuptiale pendant l'émission. Se marier était devenu si onéreux aujourd'hui que beaucoup de jeunes couples ne pouvaient guère s'offrir que les alliances et les services du prêtre.

Grâce à l'aide de *Vous informer*, cependant, un couple chanceux se verrait offrir gracieusement une cérémonie et une réception diffusées en direct sur l'antenne.

Après la célébration, Gilda interviewerait les jeunes mariés ainsi que des membres de leurs familles. L'événement serait de bon goût, chaleureux, sympathique.

Rosalie s'était insurgée contre cette idée. Un

mariage était une affaire grave et privée, avait-elle protesté. L'étaler devant des milliers de spectateurs, même pour une robe et un repas gratuits, ne pouvait qu'en déprécier la signification.

Justin l'avait emporté, et à cet instant, tout le personnel du studio et une foule venue des plateaux voisins avaient les yeux rivés sur les futurs mariés. Tous sauf Justin. Malgré lui, ses pensées revenaient sans cesse à la querelle qui l'avait opposé à Rosalie le vendredi précédent.

Comment la soirée commencée si merveilleusement avait-elle pu tourner aussi mal ? Jamais il n'aurait dû se mêler des rapports de la jeune femme avec Violette alors que sa propre situation avec Tommy était aussi compliquée.

Rosalie semblait si compétente dans son travail qu'il avait supposé que sa vie privée était aussi ordonnée. Mais qui avait vraiment une vie privée bien ordonnée ?

Les efforts de Rosalie vis-à-vis de Violette lui rappelaient douloureusement son cher petit Tommy. Tommy qu'il avait un peu le sentiment de trahir ces derniers temps.

Rosalie ne s'était pas trompée en attribuant sa réaction excessive à un sentiment de culpabilité. Tommy lui avait paru distant au cours de ses derniers coups de téléphone. La séparation était-elle en train de miner leurs relations ? L'enfant arrivait demain à Boston et Justin se demandait avec inquiétude comment il allait se comporter avec lui.

Son regard revint vers la cérémonie qui se

déroulait sur le plateau. La joie des deux jeunes gens faisait plaisir à voir. Elle lui rappela le début de la soirée de vendredi et ces instants magiques où Rosalie et lui s'étaient découverts.

Il regarda de nouveau son beau visage. Malgré leur querelle, il la désirait toujours.

Et elle?

Rosalie avait du mal à refouler ses larmes. Son regard fit le tour du plateau pour voir si personne n'avait remarqué son émotion.

Femme de tête dans son travail, elle n'en avait pas moins une idée très romanesque du mariage et il lui arrivait de rêver secrètement qu'elle descendait la nef d'une église en longue robe blanche... Seul le visage du marié demeurait flou.

Elle devait admettre que Justin ne s'était pas trompé avec cette idée de mariage en direct. Des centaines de jeunes couples du Massachusetts avaient répondu à l'appel de Gilda.

Les gagnants échangeaient maintenant leurs vœux sur le plateau, et il n'y avait pas un œil sec dans toute l'assistance.

Debout derrière la mère du marié, Gilda n'arrêtait pas de se tamponner les yeux. Jusque-là, elle avait joué son rôle à la perfection.

Vêtue d'un de ses ensembles les plus discrets, elle avait mené les interviews prénuptiales avec cœur et juste ce qu'il fallait d'humour bon enfant. Les rangées de chaises des spectateurs avaient été enlevées et remplacées par des tables autour desquelles étaient assis les parents et les amis du couple. Un peu plus loin, un buffet avait été dressé.

Rosalie avait veillé à ce que tout soit parfait. S'il devait y avoir un mariage, du moins serait-il de bon goût. Travailler avec la future mariée et sa mère lui avait procuré un plaisir inattendu. Rayonnante de bonheur et d'espoir, la fiancée l'avait complètement charmée.

Elle avait bien besoin de cela. Depuis sa dispute avec Justin, elle n'avait guère pu penser à autre chose. Son détachement poli la perturbait. De nature directe, elle aimait les mises au point claires et franches et le comportement distant de Justin mettait ses nerfs à rude épreuve.

Secouant la tête, elle se concentra sur la cérémonie.

— Moi, Robert, je te prends, toi, Emily...

Rosalie ferma les yeux. Elle était dans une église remplie de fleurs qui embaumaient. Vêtue d'une longue robe de satin ivoire, elle avançait lentement vers l'autel, un bouquet de roses blanches à la main. De chaque côté, des visages souriants se tournaient vers elle.

Le prêtre se tenait devant l'autel. Il y avait un homme à sa gauche. Vêtu d'un habit gris, il faisait face au religieux. Mais il se tournait lentement vers elle. Ses traits étaient encore flous. Avait-il les cheveux blonds ?

Dans une seconde il lui ferait face. L'homme de ses rêves...

— Ce n'est quand même pas si mauvais.

Elle ouvrit les yeux. Justin la regardait.

— Mauvais ? Grands dieux, non ! Je trouve cette cérémonie très émouvante, au contraire.

— Oh... A vous voir, j'aurais cru... Mais peu importe.

La lumière se reflétait sur ses cheveux blonds. Un bref instant, elle le vit en habit gris.

— Ce n'est pas parce que j'étais initialement opposée à ce projet que je ne pouvais pas changer d'avis, chuchota-t-elle. Vous aviez raison, c'était une très bonne idée.

Il parut se détendre. Il eut un de ses sourires qui savaient si bien ensorceler la jeune femme.

— J'ajouterai que la réalisation de cette idée est irréprochable, dit-il.

— Merci.

Elle se tourna vers le jeune couple. C'était un compliment typique du Justin de ces derniers jours. Sincère, mais distant.

— Gilda a l'air d'être de la famille, remarqua-t-il.

Autre point noir, songea-t-elle. Gilda et lui s'entendaient mieux que jamais. Comme si elle avait des antennes, la présentatrice avait senti que quelque chose n'allait pas entre Rosalie et Justin et elle s'était empressée d'en profiter, faisant tout pour satisfaire Justin et allant même jusqu'à accepter ses critiques sans broncher. C'était sur sa demande qu'elle avait consenti à porter pour le mariage son tailleur le moins extravagant.

— Je me demande quel avenir a ce jeune couple, dit Rosalie.

— Ils ont cinquante pour cent de chances de bonheur.

— C'est tout?

— La moitié des couples divorce, d'après les statistiques.

— Je vois. Une attitude un peu cynique, non?

— Vous trouvez? Je dirais plutôt réaliste.

— Vous ne croyez pas au mariage?

Le visage de Justin perdit un peu de son impassibilité.

— Si. Je respecte cette institution. Seulement... je me demande parfois si je pourrais me remarier.

— Pourquoi?

— Parce que je ne supporterais pas un autre échec, répondit-il d'une voix à peine audible. Un divorce est trop douloureux.

C'était la première fois depuis leur confrontation qu'il laissait voir ses sentiments.

— Pourtant cela vaut la peine d'essayer, vous ne croyez pas? demanda-t-elle. Vendredi soir, vous sembliez penser qu'une relation sérieuse en valait la peine.

Voilà. Elle avait amené le sujet sur le tapis. Il lui jeta un bref coup d'œil et détourna les yeux.

— J'ai dit beaucoup de choses que je n'aurais pas dû dire ce soir-là. Je ne voulais pas...

— Je vous déclare mari et femme!

Le regard de Rosalie se tourna vers le jeune couple radieux avant de revenir vers Justin, mais il s'était éloigné pour gagner la régie.

L'émission s'interrompit pour une pause publicitaire et elle en profita pour aller aider à préparer les interviews qui devaient avoir lieu pendant la réception. Le moment était vraiment mal choisi pour une discussion avec Justin, mais elle avait repris espoir. La froide politesse derrière laquelle il s'était retranché avait enfin cédé.

Après l'émission, elle se rendit dans son bureau et le trouva en grande discussion avec Larry Bishop, le directeur des programmes.

— Oh, excusez-moi, je reviendrai plus tard.

— Non, restez, Rosalie, dit Justin en l'invitant à s'asseoir. Nous parlions du projet d'émission sur la lutte contre le cancer.

— Vous arriverez peut-être à lui faire entendre raison, Rosalie, intervint Larry. Il veut consacrer une émission aux traitements insolites du cancer, comme la méthode de visualisation.

— Je trouve que c'est une excellente idée!

Les deux hommes parurent aussi surpris l'un que l'autre.

— Je croyais que vous étiez contre les sujets extravagants, remarqua Larry en passant une main sur son crâne dégarni.

— Je suis favorable à tous les sujets qui peuvent aider les gens. A tout ce qui peut leur permettre de prendre leur vie en charge. J'ai lu plusieurs articles sur ces nouvelles méthodes de lutte contre le cancer. La plupart ne prétendent pas le guérir, mais certains malades affirment connaître une rémission grâce à elles. Le mental est une arme puissante pour lutter contre la maladie. Et si nous montrons clairement que ces traitements n'offrent aucune garantie de guérison, mais seulement une nouvelle réflexion sur le sujet, je crois que nous ferons une émission unique en son genre.

— Que faites-vous du corps médical? objecta Larry. Dans leur majorité, les médecins sont opposés à ces méthodes.

— J'ai d'excellents rapports avec la communauté médicale. Dites oui au projet et je vous trouverai un médecin qui contestera ces traitements et un autre qui acceptera au moins d'en discuter sérieusement.

— Et Gilda?

— Je m'en occupe, dit Justin.

Rosalie se rembrunit. L'amélioration des relations entre Gilda et Justin tendait à l'exclure, et la présentatrice faisait tout pour qu'il en soit ainsi.

Larry Bishop céda.

— Très bien! Je ne peux pas lutter contre vous deux. Tenez-moi seulement informé de la liste des invités.

Dès qu'il fut sorti, Rosalie se tourna vers Justin, les yeux brillants.

— Vous avez réussi!

— Grâce à vous! Votre réputation auprès du corps médical a fait pencher la balance en notre faveur.

Elle se leva et se mit à arpenter la pièce.

— Je vais faire une recherche informatique pour trouver les articles récents sur le sujet.

— Bonne idée. On parlera probablement des guérisons constatées.

— L'émission risque de coûter cher si on doit faire venir des invités de loin.

— Trouvez les gens, je trouverai l'argent, promit-il.

— Oh, je suis tout excitée à la perspective de réaliser cette émission, Justin!

— Moi aussi. Vous savez, vous devriez envisager de faire des documentaires, Rosalie. Vous possédez un rare talent pour préparer une émission.

Elle acquiesça, la tête pleine d'idées.

Il éclata de rire.

— Qui a dit que nous ne pouvions pas nous entendre ?

La petite plaisanterie de Justin débordait du cadre professionnel, ils le savaient tous deux. Le sourire de Rosalie s'effaça et elle se rassit.

— Justin, à propos de vendredi soir... je... je suis désolée de ce qui s'est passé.

Il sourit avec effort.

— Moi aussi.

— Je ne sais pas comment la conversation a pu s'envenimer ainsi, dit-elle en contemplant ses mains.

— C'est parce que je me suis mêlé de votre vie privée.

Elle leva les yeux.

— Ce n'est pas seulement votre faute.

— Si. Je me suis immiscé dans votre vie alors que vous ne m'y aviez pas vraiment invité. J'ai proposé de donner une leçon de conduite à Violette. J'ai suggéré d'aller chez O'Callahan's...

— Et *je* vous ai invité à boire un café chez moi.

Il eut un sourire bref.

— Oui, mais j'ai été un piètre convive. Je n'aurais jamais dû me mêler de vos affaires. C'est là l'origine de notre désaccord. Parfois mes impulsions me jouent des tours.

— Ne dites pas ça ! Votre spontanéité nous a permis de passer de merveilleux moments ce soir-là.

— Jusqu'à notre discussion. Je n'avais aucun droit de vous parler comme je l'ai fait.

— Moi non plus.

— Alors, oublions cette soirée.

Rosalie se sentit froissée.

— Vous préférez l'oublier? demanda-t-elle.

— Pas vous? Après ce que vous avez dit, je pensais...

— Je veux seulement que nous soyons amis, dit-elle, consciente que ce n'était pas du tout le fond de sa pensée.

La petite lueur d'espoir qu'elle avait cru apercevoir au fond des yeux de Justin s'évanouit.

— Ah bon... Du moins pouvons-nous toujours travailler ensemble alors.

— En effet.

Elle se leva pour prendre congé. Elle était déçue. Ne seraient-ils finalement que des amis? Dans ce cas, il lui serait difficile d'effacer cette soirée de son esprit. C'était la première fois qu'elle en oubliait son travail et elle avait savouré chacun de ces instants.

Certes, les choses avaient mal tourné, mais tout aurait pu s'arranger si Justin avait bien voulu en parler. Apparemment, ce n'était pas le cas. Désormais, elle n'avait plus que Violette et l'émission pour remplir son existence. Pourquoi cela ne semblait-il plus suffire?

Elle posa la main sur la poignée de la porte.

— Au fait, comment va Violette? demanda-t-il.

Elle se retourna, incertaine, mais il semblait vraiment se soucier de Violette.

— Elle va bien. Nous sommes allées conduire deux fois depuis sa première leçon et elle se débrouille très bien. Elle m'a chargée de vous dire bonjour.

Il sourit.

— Dites-lui que passer les vitesses est une plaisanterie comparé à un créneau.

— Je n'y manquerai pas, dit-elle en ouvrant la porte.

— Vous vous êtes réconciliées après mon départ ?

Elle referma la porte.

— En partie. La cause de notre dissension existe toujours, mais elle s'est excusée pour ses remarques. En fait... elle craignait plutôt d'avoir gâché quelque chose entre nous. Maintenant, je peux lui dire que ce n'est pas le cas.

— Je pense que non, commenta-t-il pensivement, mais c'est gentil à elle de s'en soucier.

— Oui, c'est un amour... Bien, je ferais mieux d'aller m'occuper de l'émission de demain.

— Quel est le sujet de ce vendredi ? J'ai oublié.

— L'émission s'intitule « Où sont passés les hommes à marier ? » Elle débattra du manque d'hommes par rapport au nombre de femmes célibataires de nos jours.

— Le problème est-il si grave ?

— Chaque jour davantage. Au point que nous avons même envisagé de vous demander de figurer parmi les invités.

— Moi ? s'écria-t-il, horrifié.

— Mais oui. Mavis Garland, une journaliste d'un magazine local, sélectionne chaque année les vingt célibataires les plus intéressants de la région de Boston. Sa nouvelle liste est parue ce matin et vous y figurez.

A la stupéfaction de la jeune femme, il rougit. Elle en fut tout attendrie.

— Vraiment ?

— Vraiment. Vous n'êtes à Boston que depuis quelques semaines et vous êtes déjà célèbre. Mais ne vous inquiétez pas. Peggy a déniché deux célibataires de la liste qui sont d'accord pour participer à l'émission. Nous vous gardons seulement en réserve.

Il frissonna.

— Je refuserais de passer en direct à la télévision même si j'appartenais à une espèce en voie de disparition.

Rosalie sourit.

— Dommage, c'est le cas.

Il regarda sa petite silhouette quitter son bureau. La conversation avait mieux tourné qu'il ne l'avait pensé de prime abord.

Il était heureux que Rosalie ne le déteste pas après ce qu'il lui avait dit vendredi soir. Mais espérer davantage avait été stupide de sa part. Il était dangereux de mélanger le travail et le plaisir.

— Rosalie, nous avons un gros problème pour l'émission d'aujourd'hui.

Peggy Lanihan triturait nerveusement une de ses boucles brunes. *Vous informer* passait à l'antenne une heure plus tard.

— Que se passe-t-il, Peggy ?

— Nos deux célibataires nous ont fait faux bond. L'un d'eux s'est fiancé hier soir et l'autre a attrapé une hernie en jouant au hand ce matin !

Rosalie se tassa sur sa chaise, consternée. Le thème de l'émission était vraiment de circonstance. Il y avait bel et bien pénurie d'hommes... En dehors des deux célibataires, elle avait invité deux femmes seules, la journaliste Mavis Garland, la directrice d'une agence de rencontres et l'auteur d'un ouvrage sur le sujet. Le seul élément masculin était l'écrivain et il était marié.

— Mavis Garland ne peut-elle nous trouver un autre célibataire de sa liste?

— Elle a bien essayé, mais le délai était trop court.

Rosalie poussa un gémissement.

— Nous sommes fichus. A moins que... Peggy! Je reviens avec Justin!

Deux minutes plus tard, pour une fois unies dans l'adversité, Rosalie et Gilda avaient enfermé Justin dans son bureau.

— Non! Jamais je ne participerai à cette émission!

— Justin, je vous en prie, supplia Gilda. Nous ne pouvons présenter un débat sur la pénurie d'hommes à marier sans avoir un célibataire sur le plateau. Surtout un célibataire de la liste de Mavis.

— Je suis bien incapable de raconter en direct à la télévision ce que je recherche chez une femme!

— Je ne vous demanderai pas tous les combien vous faites l'amour, c'est promis. Encore que la question soit tout à fait appropriée.

— Vous voyez? Ecoutez, je ne sais vraiment pas pourquoi il n'y a pas assez d'hommes à marier, moi... Que voulez-vous que je vous dise?

— Mavis Garland dit que si vous refusez, elle sera furieuse contre vous, remarqua Gilda. Vous lui devez bien cela pour vous avoir fait figurer sur sa liste.

— Mais je ne lui ai rien demandé du tout! rétorqua-t-il avec irritation.

— Justin, reprit posément Gilda, Mavis Garland est très influente. Il lui suffit d'écrire qu'elle adore regarder *Côte Ouest* et notre indice d'écoute chutera en flèche. Je refuse qu'il en soit ainsi.

Entre l'embarras de Justin et la baisse de l'audimat, Gilda n'hésitait pas un instant.

— Un instant, Gilda, intervint Rosalie. Mavis Garland n'a quand même pas le pouvoir de faire ou défaire *Vous informer*. On ne peut pas demander à Justin de céder à son chantage.

— Mais si!

Justin eut un vague sourire, comme s'il n'était pas surpris.

— J'ai une idée, dit Rosalie. Ne prenons Justin que pour la troisième séquence. Dans les deux premières, nous aurons l'écrivain, la directrice de l'agence de rencontres et les deux femmes célibataires. Ainsi le terrain sera préparé pour discuter du manque d'hommes à marier avec l'un d'eux. Mavis Garland entrera en scène à la troisième séquence jusqu'à la fin de l'émission. Cela devrait la satisfaire. Justin, vous n'apparaîtrez qu'un quart d'heure. Ce n'est quand même pas un prix trop élevé à payer pour *Vous informer*.

Justin poussa un affreux juron.

— C'est une solution fantastique, Rosalie! s'écria Gilda. Tu nous sauves tous!

Justin prit sa tête dans ses mains.

— Alors… à quelle heure avez-vous besoin de moi? demanda-t-il, accablé.

En toute hâte, Rosalie s'empressa de faire ajouter le nom de Justin au générique et de prévenir l'équipe technique et les autres invités du changement.

Mavis Garland se montra ravie de la décision de Justin, bien qu'un peu froissée qu'il ne lui ait pas rendu visite avant l'émission.

Quittant précipitamment la salle d'attente, Rosalie croisa Gilda qui la remercia de sa « brillante idée » à grand renfort de superlatifs. Agacée par son indifférence pour l'embarras de Justin, Rosalie haussa les épaules et alla s'installer à l'extrémité du plateau. Puis l'émission commença.

Gilda interrogea habilement l'auteur de *Où sont donc passés les hommes à marier?* puis le laissa énoncer les tristes statistiques dans ce domaine. Son interview des deux femmes célibataires et de la directrice de l'agence de rencontres se révéla beaucoup plus amusante ; elle fit même des révélations personnelles sur sa propre quête de l'homme de sa vie.

C'était dans des émissions comme celle-ci, où le public la sentait proche de lui, que Gilda donnait le meilleur d'elle-même. « Dommage qu'elle n'ait aucune idée personnelle sur la peine de mort ou le désarmement nucléaire », songea Rosalie.

Quand arriva la première pause publicitaire, Justin vint la rejoindre. Il avait du mal à cacher sa nervosité.

— Gilda ne va pas me demander si j'embrasse une femme dès le premier rendez-vous, j'espère ? murmura-t-il en ajustant sa pince à cravate.

Elle lui prit la pince des mains et la fixa correctement.

— Je croyais que vous aimiez son côté imprévisible.

Il s'efforça de sourire.

— Le personnel de la chaîne est-il au courant de ma participation à l'émission ?

— En dehors de l'équipe technique, seul Larry est au courant. D'ici à ce que les autres remarquent quelque chose, vous serez déjà passé à l'antenne.

Il consulta sa montre.

— Dans deux minutes, dit-elle. En fait, très peu de personnes vont vous voir.

— Et seulement des inconnus.

Gilda se tourna vers la caméra 2.

— Après ce nouveau flash publicitaire, l'un des célibataires les plus intéressants de Boston va nous rejoindre sur ce plateau. Il nous dira son sentiment sur le sujet, cela promet d'être passionnant. Restez avec nous !

Pendant la courte pause, Peggy vint rejoindre les deux jeunes gens en compagnie de Mavis Garland. Si la journaliste avait l'apparence d'une charmante mamie, ses préoccupations semblaient tout autres, à en juger par la façon dont elle dévisagea Justin.

— Mmm... J'avais raison de vous mettre sur ma liste.

— Je ne mérite pas un tel honneur, répondit-il en lui serrant la main.

102

— Il est probable qu'aucun de vous ne le mérite, grommela-t-elle. Si vous trouvez qu'il est difficile de rencontrer un homme bien quand on a vingt ans, essayez d'en trouver un à cinquante ans... Ils veulent tous des femmes comme vous, ajouta-t-elle à l'adresse de Rosalie.

Rosalie accompagna Mavis et Justin sur le plateau et les laissa aux mains des techniciens qui leur installèrent leurs micros. Justin se présenta aux autres invités tandis que Gilda complimentait Mavis sur sa coiffure.

Le chef de plateau annonça qu'il leur restait dix secondes avant de passer à l'antenne. Regagnant sa place, Rosalie croisa les doigts.

— Nous avons donc deux nouveaux invités, dit Gilda. Tout d'abord Mavis Garland, journaliste au *Boston Chronicle*. Elle vient de faire paraître sa liste annuelle des vingt célibataires parmi les meilleurs partis de Boston et sa région. A son côté, Justin Benedict, directeur de production à WMAS et célibataire figurant en numéro 11 sur la liste en question. Bienvenue à tous les deux. Mavis, y a-t-il une raison particulière à ce que Justin soit à la onzième place ?

— Oui, l'argent, répondit Mavis. J'ai estimé qu'en tant qu'administrateur de télévision, il ne gagnait pas autant que les dix premiers.

— Je vais demander une augmentation, commenta Justin, impassible.

— Je ne pense pas que le manque d'argent rende un homme moins attirant, remarqua Leslie, une des deux célibataires.

— Vous le penserez quand vous voudrez acheter une voiture ou une maison, rétorqua Mavis.

— Je peux m'offrir ma propre voiture, dit Leslie. Ce dont nous venons de parler va plus loin que l'argent ou les apparences. Il s'agit de l'incapacité des hommes d'aujourd'hui à se laisser aller sentimentalement. Ils ne pensent qu'à réussir dans leur profession. Un homme bien doit s'intéresser à autre chose qu'à sa carrière.

La jeune femme se tourna vers Justin.

— Pourquoi les hommes ne peuvent-ils pas exprimer leurs sentiments avec les femmes ? lui demanda-t-elle. Dès qu'il s'agit de les faire parler de leurs émotions, on dirait qu'on veut leur arracher une dent. Je peux tout raconter à mes amies femmes, mais en général, je filtre ce que je confie à un ami. Pourquoi cela ?

— Les hommes ne s'intéressent pas à nos problèmes, lança Anne, l'autre célibataire. Ils font semblant de le faire uniquement pour nous attirer dans leur lit.

— Plaignez-vous, commenta Mavis.

Le public s'esclaffa, mais pas Justin.

— Nous nous y intéressons, dit-il à Leslie, mais nous savons moins bien traduire nos émotions que vous.

— Vous vous dérobez, déclara Anne.

— Qu'est-ce que cela change s'il a la larme à l'œil en regardant un film triste du moment qu'il assure le paiement de l'hypothèque ? dit Mavis, déclenchant une nouvelle vague de rires au sein du public.

Justin se pencha vers elle.

— Vous prétendez que, du moment que l'homme se charge du côté matériel — l'hypothèque, les règlements de la voiture, sa carrière —, ses sentiments ne comptent pas. Pour vous, il a rempli son rôle. Les femmes sont considérées comme romantiques, mais quand on leur demande ce qu'elles recherchent chez un mari, elles veulent toujours savoir s'il pourra subvenir à leurs besoins!

— Les mouvements féministes ont changé tout cela, répondit Leslie. Désormais, nous pouvons contribuer financièrement à l'entretien d'une famille. Si nous prenons notre part de toutes ces charges matérielles, pourquoi les hommes ne peuvent-ils partager avec nous les responsabilités émotionnelles?

— Les hommes n'ont rien connu de comparable aux mouvements féministes pour les encourager à changer, dit Justin. En tant que maris... et pères, nous avons toujours attendu des femmes qu'elles se chargent du foyer et de l'éducation des enfants, c'est vrai. Nous sommes conscients du problème, mais de par notre éducation, nous sommes moins à même de nous ouvrir sur le plan émotionnel que vous.

— Encore une dérobade, commenta Anne.

— Absolument pas, répliqua sèchement Justin. Depuis que les femmes connaissent le monde du travail, elles savent qu'il est facile de réussir. Mais il est encore très dur pour nous de savoir quand abandonner nos dossiers pour aller jouer au cerf-volant avec notre enfant. Nous sommes en train d'apprendre cet équilibre. Désolé, vous vouliez probablement une réponse simple, mais il n'y en a pas. Nous devons seulement poursuivre nos efforts.

Leslie lui sourit, mais il regardait Rosalie.

— C'est pourtant simple, objecta Anne. Un homme digne de ce nom doit être fort, mais tendre, vulnérable sans être faible, sûr de lui mais pas vaniteux, doux mais dynamique, attentionné, généreux, gentil...

Le reste de la séquence se passa à débattre des qualités énumérées par Anne, mais Rosalie n'écoutait plus, les yeux fixés sur le visage sombre de Justin.

Quand la séquence fut finie, il se leva et se dirigea vers elle sans même attendre qu'on lui enlève son micro.

— Me suis-je rendu ridicule?

Elle sourit.

— Pas du tout. Ce que vous avez dit était très instructif.

— Pour moi aussi. Ecoutez, pouvez-vous m'accompagner dans mon bureau? Maintenant.

Rosalie n'avait jamais quitté le plateau avant la fin d'une émission, mais aujourd'hui, elle était toute prête à faire une exception.

Il referma la porte de son bureau et elle s'assit sur le canapé. Appuyé à son bureau, il lui fit face. La sueur perlait à son front.

— Ce matin, je ne vous ai pas dit ce que je voulais, ce que je veux vous dire depuis vendredi. Vous aviez raison à propos de moi et de mon fils. C'est mon sentiment de culpabilité qui m'a fait vous parler comme je l'ai fait. Et je le regrette. Vous vous êtes montrée très généreuse en prétendant être aussi responsable de notre dispute, et j'étais si content que nous puissions continuer à

106

travailler ensemble que je n'ai pensé à rien d'autre. Je ne suis pas très moderne, n'est-ce pas?

— Vous ne vous débrouillez pas si mal.

Il eut un petit sourire.

— Rosalie, je suis sincèrement désolé de ce que je vous ai dit sous le coup de la colère.

— Vous aviez raison.

— Comment? dit-il, étonné.

— Oui. Je dois reconnaître que je réfléchis trop.

— Non…

— Si. Tout ce que vous avez dit sur mes envies, mes besoins… tout était vrai. J'ai eu une réaction excessive quand Violette nous a surpris. Ces derniers temps, il semble que je sois obsédée par mon rôle de parent…

— Je vous admire pour cela.

— Mais ce n'est pas de cette Rosalie-là dont vous aviez envie vendredi soir.

Elle plongea son regard dans le sien. Elle ne vit d'abord que deux lacs bleus insondables, puis ses yeux se mirent à briller comme l'autre soir. Elle se détendit.

— Vous êtes une femme très désirable, dit-il.

— Vous n'êtes pas obligé de le dire.

Il s'assit près d'elle.

— Mais je veux le dire. Si nous ne travaillions pas ensemble…

— Oui?

Il la dévisagea.

— Vous semblez ignorer combien vous êtes adorable. L'autre soir, vous vous êtes presque excusée de ne pas être une femme libérée, comme on dit, comme si l'expérience pouvait se substituer à la passion.

Rosalie sentit son cœur battre plus vite. Ces quelques instants dans les bras de Justin l'avaient révélée à elle-même, bouleversant sa petite vie quiète et ordonnée. Elle brûlait d'en revivre de semblables. Ou plutôt non, elle voulait plus encore. Il avait fait le premier pas une fois.

Etait-ce son tour?

— Je suis peut-être plus moderne que vous ne pensez, dit-elle.

Il s'inclina vers elle et elle sentit le parfum de sa peau.

— Pour moi, ce qui compte, c'est d'être en accord avec soi-même, remarqua-t-il. De faire ce qu'on sent bien pour soi.

En était-elle capable? Elle crut lire la réponse dans ses yeux et prit son visage entre ses mains.

— Pour l'instant, j'ai envie de vous embrasser.

Et elle le fit.

Stupéfait, il ne réagit pas immédiatement. Mais le contact de ses lèvres ranima son désir. Il la prit dans ses bras et la serra contre lui.

De plus en plus intime et audacieux, ce baiser embrasait tout son corps presque malgré lui. Il retrouvait avec délice les sensations éprouvées l'autre soir dans les bras de la jeune femme. Seulement cette fois, c'était elle qui menait le jeu.

Violette n'était pas là pour les déranger. La porte du bureau était fermée à clé. Il pouvait définitivement changer ses relations avec Rosalie, mais voilà qu'il se mettait à réfléchir au lieu de se laisser aller... Son impétuosité avait déjà causé assez de problèmes entre eux. Et Rosalie était-elle prête à franchir le pas ?

Demain, il serait toujours le genre de père qu'elle désapprouvait. Et ce baiser, ou plus encore, n'y changerait rien.

Il se dégagea doucement et elle le regarda d'un air interrogateur.

— Je... on pourrait frapper à la porte, balbutia-t-il.

Elle sourit.

— Ne m'avez-vous pas dit de ne pas me soucier de ce que pensent les autres ? De ne pas trop réfléchir et de me laisser aller ?

Il posa la main sur la sienne.

— Etes-vous prête à ce changement dans nos relations ?

Les beaux yeux gris, francs et directs, se plantèrent dans les siens.

— Je le suis à cet instant.

— Et demain ? demanda-t-il en prenant son joli visage entre ses mains.

Rosalie n'avait pas envie de penser à l'avenir. Elle désirait Justin maintenant. Il éveillait en elle des sensations, des émotions qu'elle n'avait connues avec aucun homme. Pas seulement dans son corps, mais jusque dans son cœur.

Mais il s'était soustrait à son baiser. Etait-il indécis ? Avait-il décidé que leurs relations professionnelles rendaient impossible tout rapport plus personnel entre eux ?

La jeune femme se sentit désemparée.

« Il ne veut pas vraiment de moi, songea-t-elle. Et demain ? lui avait-il demandé. Serai-je encore prête à ce changement dans nos relations ? »

— Seulement si vous avez envie de moi, répondit-elle.

— Bien sûr que je vous désire.

Mais le doute s'était emparé de Rosalie. Il était encore trop tôt pour quoi que ce soit. Le temps les aiderait à y voir plus clair.

— Attendons un peu, voulez-vous ?

— D'accord.

Gênés, ils demeurèrent silencieux un moment. Puis Rosalie demanda :

— Tommy ne doit pas venir bientôt ?

Justin sourit.

— Il arrive demain. Je suis impatient de le revoir.

— Je suis sûre qu'il en est de même pour lui.

Il hocha la tête mais il semblait sceptique.

— Je l'espère.

6.

— Tu veux du jus d'orange?
— Non.
— Des crêpes?
— Non.
— Des céréales, alors?
— J'ai pas faim.

Justin leva les yeux au ciel.

— Tommy, voyons... il faut que tu manges quelque chose au petit déjeuner.

L'enfant le regarda d'un air têtu.

— Je veux des Choco Pops.

Justin secoua la tête.

— Tu sais que je ne veux pas que tu en manges, c'est trop sucré.

Les yeux bleus si semblables aux siens le fixèrent avec défi.

— Maman m'en donne.
— Vraiment?
— Mmm...
— Eh bien, c'est nouveau, ce n'était pas le cas quand j'étais à la maison.

Tommy s'agita sur sa chaise.

— Je veux regarder un dessin animé.

— Le petit déjeuner d'abord. Je vais préparer des flocons d'avoine.

— Beurk ! s'écria le garçonnet en faisant mine de vomir.

— Tommy, ça suffit !

L'enfant se renfrogna. Son père poussa un soupir. Tommy avait le don de le mettre hors de lui ! Depuis son arrivée une semaine plus tôt, il faisait tout pour le provoquer.

Il ne voulait jamais aller se coucher, mais quand Justin projetait une sortie, Tommy se prétendait trop fatigué. Si Justin lui interdisait quelque chose, Tommy lui répliquait invariablement que sa mère l'autorisait. D'après l'enfant, elle le laissait manger ce qu'il aimait, dormir quand il en avait envie, regarder la télévision autant qu'il le désirait et faire tout le bruit qu'il voulait.

Il était inutile d'appeler Elaine. Son ex-femme ne manquerait pas de lui répondre que s'il ne s'entendait pas avec son fils, c'était *son* problème. Elle n'avait pas apprécié son départ pour Boston car elle avait dû renoncer à ses aspirations professionnelles pour s'occuper de Tommy.

Justin ne s'était pas attendu à tant d'hostilité de la part de son fils. Le détestait-il donc à ce point ? Parfois pourtant, Justin parvenait à briser la glace, et l'adorable petit garçon espiègle qu'il aimait tant apparaissait fugitivement. La plupart du temps cependant , Tommy restait maussade et distant.

La veille au soir, il s'était montré particulièrement odieux. Sur sa demande, Justin l'avait emmené manger une pizza. Mais au restaurant, il

112

avait fait une scène épouvantable et avait lancé sa pizza à la tête du serveur.

Quand Justin l'avait entraîné hors du restaurant, l'enfant avait hurlé qu'il le détestait avant de fondre en larmes. Justin l'avait bercé contre lui pour le calmer, mais Tommy avait refusé de lui dire ce qui n'allait pas.

Ce refus de parler perturbait Justin. Tommy s'était toujours confié à lui et voilà qu'il se comportait maintenant comme un étranger. Justin ne savait plus que faire.

En désespoir de cause, il décida d'appeler Rosalie. Elle avait demandé des nouvelles de l'enfant toute la semaine, mais il avait soigneusement travesti la vérité. Pourtant, il aurait juré qu'elle devinait que tout n'allait pas bien entre Tommy et lui.

— Rosalie ?

— Oui, Justin ?

— Je... je voulais vous demander quelque chose.

— Si c'est à propos de l'émission de demain, je pense que...

— Non, non. Il s'agit d'un problème personnel.

Il y eut un court silence.

Rosalie faillit en lâcher le téléphone. Sa scène de séduction avortée une semaine plus tôt l'avait persuadée que Justin souhaitait prendre du recul. Et voilà qu'il l'appelait pour se confier à elle... Elle en fut contente avant de se rappeler qu'il avait un problème.

— Que se passe-t-il ? demanda-t-elle.

— C'est à propos de mon fils.

— Il est malade ?

— Non, non, il va bien. Du moins physiquement. Mais il... il a du mal à s'habituer ici.

Il s'expliqua en quelques mots. Elle perçut sa peine et en fut touchée.

— Oh, je suis désolée, Justin. Mais comment vous aider ? Mon expérience se limite aux adolescents, et encore...

— Vous êtes la seule à qui je me sois confié à propos de Tommy car j'ai confiance en vous, dit-il avec hésitation. Nous allons au cirque aujourd'hui. Voulez-vous nous accompagner ? J'ai besoin de votre avis pour comprendre ce qui se passe avec Tommy.

Deux heures plus tard, Rosalie guettait la voiture de Justin par la fenêtre de son appartement. Son cœur bondit en la voyant s'arrêter devant chez elle. Elle enfila son manteau.

— Je serai absente toute la journée, Violette, cria-t-elle. Il y a du poulet dans le réfrigérateur si je ne suis pas rentrée pour le dîner.

— D'accord, répondit la voix assourdie de Violette.

Les premiers jours de novembre avaient ramené les nuages. Rosalie pria pour que la pluie ne vienne pas gâcher la journée. Elle vit Justin descendre de voiture. Il semblait las et triste, pourtant il sourit en la voyant.

— Merci d'avoir accepté, dit-il en lui ouvrant la portière. Tommy, je te présente Rosalie Ferris. Elle vient au cirque avec nous.

Des yeux bleus identiques à ceux de Justin la dévisagèrent d'un air soupçonneux.

— Je croyais qu'on y allait tous les deux...

Justin eut un sourire contraint.

— Rosalie est une de mes amies. J'ai pensé qu'elle pourrait aussi être la tienne.

114

— Mmm...

— Bonjour, Tommy, dit gentiment Rosalie. Je suis contente d'aller au cirque, pas toi?

— Mmm...

Sans regarder la jeune femme, Tommy dégrafa sa ceinture de sécurité et se glissa sur le siège avant.

— Il n'y a pas un siège spécial pour toi, Tommy? demanda doucement Rosalie en s'asseyant.

L'enfant eut une moue dégoûtée.

— Je suis trop grand pour ça.

Justin s'installa au volant.

— Tommy, retourne derrière et attache ta ceinture.

— Il n'aime pas ça, intervint Rosalie. Tommy, si tu t'asseyais sur mes genoux? Nous mettrons la ceinture autour de nous deux et tu verras mieux le paysage. Qu'en dis-tu?

Tommy la regarda dans les yeux.

— Je veux avoir un siège pour moi tout seul. Vous pouvez rester là.

Rosalie se félicita silencieusement de sa petite ruse et attacha l'enfant sur son siège à l'arrière.

Pendant le trajet, elle lui montra des choses amusantes et son humeur parut sensiblement s'améliorer. Elle comprenait sa réserve mais elle ne pourrait pas aider Justin si elle n'arrivait pas à rompre la glace avec son fils.

— J'espère que cela ne t'ennuie pas que je vienne au cirque avec vous, dit-elle.

Tommy haussa les épaules.

— Maman a des amis, elle aussi.

— Mais j'aimerais être *ton* amie, Tommy.

Il la regarda avec candeur.

— Ils disent tous ça.

La réflexion troubla Justin au point qu'il ne vit pas une camionnette démarrer devant lui. Rosalie poussa un cri. Il n'eut que le temps de donner un coup de volant pour éviter le véhicule.

— Désolé, murmura-t-il, visiblement bouleversé.

Elle posa une main apaisante sur la sienne.

— Papa! Recommence!

— Quoi?

— Recommence! C'était vraiment drôle, dit l'enfant en sautant sur son siège avec enthousiasme.

Justin eut un petit rire nerveux.

— Alors, tu as aimé ça?

— Oui! C'était comme quand tu m'as emmené à la fête foraine et qu'on est montés dans les autos tamponneuses et...

Il se tut brusquement.

— Continue, Tommy, dit son père.

— Non, murmura le garçonnet. C'était quand tu étais à Chicago.

Tendant le bras, Justin lui caressa la tête.

— Je suis ici maintenant.

Tommy secoua la tête en silence.

— Eh bien moi, j'aimerais que tu me parles de ces autos tamponneuses, intervint Rosalie.

— C'est vrai? demanda Tommy, surpris.

— Oui. Ton papa est monté en voiture avec ma sœur et moi il y deux semaines. Seigneur, quelle aventure! Nous avons failli emboutir une autre voiture.

— Ce n'est pas moi qui conduisais, précisa Justin, mais Rosalie le fit taire d'un regard.

— Tu crois que les autos tamponneuses étaient plus drôles que ça, Tommy? interrogea Rosalie.

— Oh oui! Papa m'a dit qu'il pouvait percuter toutes les autres voitures et il l'a fait!

— Vraiment?

— Oui! On les poursuivait toutes, tu te rappelles, papa?

— Oh oui, mon garçon.

— Et tu as dit qu'ils avaient peur de nous, les Benedict!

— Et c'était vrai. Chaque fois qu'ils nous voyaient arriver, ils s'empressaient de prendre la direction opposée.

— Mais on les rattrapait, hein, p'pa? Et tu m'as dit que si on les tamponnait toutes, tu m'achèterais un hot dog. J'adore les hot dogs!

Rosalie éclata de rire.

— Il y en aura au cirque, dit-elle.

— Papa a dit que je pourrais manger tous les hot dogs et tous les bonbons que je voudrais!

— C'est vrai?

Justin hocha la tête d'un air lugubre.

— Ce qu'on ne dit pas pour faire manger des flocons d'avoine à un enfant...

— Eh bien, Tommy, je te parie un hot dog que ton papa peut nous emmener au cirque sans télescoper une seule autre voiture.

— Mmm... d'accord. N'accroche personne, hein, p'pa?

— D'accord, Tommy. Mais c'est bien pour te faire plaisir. Tu sais combien j'aime caramboler les autres véhicules.

Tommy éclata d'un rire frais et joyeux. Les

marques de tension commençaient à s'effacer du visage de Justin. Il se tourna vers la jeune femme.

— Je suis content que vous soyez venue. Votre influence se fait déjà sentir.

Elle jeta un coup d'œil à Tommy dont l'attention était absorbée par un gros chien qui marchait sur le trottoir.

— Je suis venue à cause de vous, dit-elle en baissant la voix. Je regrette ce que je vous ai dit vendredi soir. Je cherchais une occasion de vous dire qu'aucun parent n'est parfait, surtout pas moi. Je fais mon possible mais je commets des erreurs.

Il lui adressa un sourire reconnaissant et elle sentit qu'une barrière venait de tomber entre eux.

— Vous semblez capable de tout régler.

— Oh non. Je doute souvent de moi.

— A propos de doutes, dit-il gravement, je voulais que vous sachiez que si je me suis écarté de vous dans mon bureau, c'est justement à cause de mes incertitudes.

— Quelles incertitudes?

— Je crains que vous n'approuviez pas l'homme que je suis.

— Ce baiser ne vous a-t-il donc pas rassuré sur ce point? demanda-t-elle doucement.

Une fossette apparut fugitivement sur la joue de Justin.

— Je suppose que cela aurait dû me rassurer. Jamais je ne m'étais senti aussi...

— Papa! Alors!

Rosalie avait presque oublié la présence du petit garçon blond sur le siège arrière. Elle lui jeta un regard amusé.

— Les discussions des grandes personnes ne sont pas drôles, n'est-ce pas, Tommy ?

— Non. Je veux un hot dog, de la barbe à papa et une glace. Vous pourrez en avoir aussi, Rosalie.

Justin et Rosalie se mirent à rire. Le garçonnet possédait indiscutablement le charme direct de son père, mais à cet instant, Rosalie aurait souhaité qu'il n'y ait ni enfant, ni sœur, ni chaîne de télévision, ni responsabilités d'aucune sorte, mais seulement Justin et elle, et les paroles qu'il avait été sur le point de prononcer.

— Nous ferions mieux d'arriver au cirque avant que cet enfant ne meure de faim, dit-elle.

— Au cirque ! s'écria Justin.

— N'oublie pas ta promesse, papa.

— N'oubliez pas ce que vous alliez me dire, ajouta Rosalie.

Justin se tourna vers son fils.

— Tu pourras manger tout ce que tu voudras aujourd'hui.

— Youpiiie !

Les yeux de Justin se posèrent sur Rosalie.

— Je ne suis pas près d'oublier ce que j'éprouve pour vous.

La jeune femme sourit. Cette journée serait spéciale. Elle le savait.

Elle le fut. Le cirque enchanta Tommy, et Rosalie prit un plaisir inégalé à le voir s'amuser autant. C'était un petit garçon plein d'aplomb, obstiné et sensible. Il gardait toujours une certaine réserve vis-à-vis d'elle, mais elle ne s'en souciait pas. L'important était que les relations entre le père et le fils s'améliorent et c'était visiblement le cas.

Pourtant, il était évident que Tommy testait son père pour voir jusqu'où il pouvait le manipuler.

Après le second hot dog, Rosalie crut bon d'intervenir.

— Justin, Tommy va avoir mal au ventre s'il continue de manger ainsi.

— Ne vous inquiétez pas, *maman*, il s'amuse bien, c'est tout ce qui compte.

Elle lui jeta un regard agacé.

— Je ne veux pas vous donner de leçon, mais il risque d'être malade.

— Il est *heureux*, Rosalie. Pourquoi ne pas le gâter un peu?

— Il l'attend de vous, c'est évident.

Justin jeta sa boîte de pop-corn vide dans une poubelle.

— Je n'ai pas envie de gâcher sa journée. Tu viens, Tommy? Tu as fini d'admirer ces animaux en peluche?

L'enfant désigna un pingouin.

— Attends, papa. Achète-le-moi!

Justin sourit.

— Je t'ai déjà acheté un million de choses aujourd'hui.

Tommy gloussa.

— Un million? Tu exagères, papa. Je veux ce pingouin.

— Non, Tommy, tu as assez de peluches à la maison.

Le garçonnet regarda son père d'un air candide.

— J'en ai à Chicago, mais pas à Boston.

Rosalie et Justin échangèrent un coup d'œil.

— Eh bien...

— S'il te plaît, papa. Je ne te demanderai plus d'autres jouets, promis.

— Tu peux me faire une déclaration écrite ? dit Justin, ironique. Bon, d'accord pour le pingouin mais après ça, tu n'auras plus rien...

L'enfant sauta de joie.

— Hé ! Je vois le vendeur de glaces !

Justin paya la peluche et la glissa sous son bras avec les nombreux autres achats destinés à Tommy.

— Je croyais que tu n'allais plus rien me demander.

— J'ai dit que je ne te demanderais plus de jouets. Ça, c'est de la nourriture.

— Non.

— Si.

— Non, Tommy !

— Si ! Tu m'as promis que je pourrais manger ce que je voudrais !

— Eh bien, j'ai changé d'avis.

L'enfant serra les poings.

— Menteur ! Menteur !

Justin se raidit.

— Je t'interdis de me parler ainsi, Tommy.

Le père et le fils se foudroyèrent du regard.

Rosalie essaya d'arranger les choses.

— Il y a de quoi manger à la maison, Tommy. Ton papa et moi voulions justement préparer des spaghettis.

Il se tourna vers elle.

— Vous, je vous ai rien demandé !

— Tommy ! tonna Justin. Ce n'est pas une façon de parler à une amie. Fais immédiatement des excuses à Rosalie.

— Non. Elle est pas mon amie. Elle fait seulement semblant à cause de toi. Comme les amis de maman.

— Fais-lui des excuses.

— Non!

Tandis que Justin levait les yeux au ciel avec impuissance, Rosalie s'agenouilla devant le petit garçon tout tremblant.

— Tommy, je t'aime bien, tu sais.

— Non, c'est pas vrai, dit-il en éclatant en sanglots convulsifs.

— Oh, mon petit chat...

Elle le prit contre elle et le berça doucement. Posant les jouets par terre, Justin voulut le prendre dans ses bras.

— Non! sanglota l'enfant. Tu veux pas de moi. Personne veut de moi!

Justin parut atterré.

— C'est faux. Je t'aime, mon bonhomme.

— Non! Tu m'as abandonné et... ça va plus maintenant.

Il s'agrippa soudain convulsivement à Rosalie.

— J'ai envie de vomir...

Sans perdre un instant, elle le souleva dans ses bras et courut jusqu'aux plus proches toilettes. A peine furent-ils dans le cabinet que l'enfant rejeta tout ce qu'il avait avalé.

Sitôt la crise passée, il fondit de nouveau en larmes.

— Je veux rentrer à la maison...

— Nous y allons tout de suite, dit-elle en lui bassinant le visage.

— Non, je veux rentrer à Chicago.

Elle lui mit un mouchoir en papier sous le nez.

— Mouche-toi. Ton papa serait très triste si tu partais.

Le garçonnet ravala un sanglot.

— Ça m'étonnerait.

Elle lui caressa doucement les cheveux.

— Tu te trompes. Tu ne peux pas savoir combien il était impatient de te voir arriver. Tu lui manques beaucoup, tu sais. Enormément.

Sur le visage de Tommy, l'incrédulité le disputait à l'espoir.

— Mais il est parti de Chicago.

— Il était triste de te quitter. Et je sais qu'il est désolé que tu lui en veuilles.

Tommy se frotta les yeux.

— Tu es fatigué ?

— Mmm...

— Alors nous allons rentrer, dit-elle en lui prenant la main. Je crois que ton papa a besoin de te parler. Es-tu d'accord pour lui dire ce qui ne va pas ?

Il détourna les yeux.

— Je sais pas.

— Je t'en prie. Tu lui manques énormément. Il t'adore.

— Il me manque aussi.

Inquiet, Justin les attendait devant les toilettes.

— Ça va, Tommy ?

— J'ai vomi, papa. Tu es en colère contre moi ?

Justin tendit les jouets à Rosalie et, prenant son fils dans ses bras, il le serra contre lui et l'embrassa.

— Bien sûr que non. Comment pourrais-je en vouloir à mon meilleur copain ?

Le sourire timide de Tommy émut Rosalie.

— C'est vrai que je suis ton meilleur copain?

— Le meilleur des meilleurs. Même quand tu vomis.

Tommy gloussa de plaisir et se blottit plus étroitement dans les bras de son père. Quand ils arrivèrent à la voiture, il dormait profondément.

Vingt minutes plus tard, il était couché avec son pingouin.

— Dieu merci, il me parle de nouveau, dit Justin avec un léger soupir en refermant la porte de sa chambre. Merci d'être venue avec nous, Rosalie.

— Vous n'avez pas à me remercier. J'ai aussi passé un très bon moment.

— Tommy vous a plu?

— Beaucoup.

— Il vous aime bien aussi. A la fin de la journée, on le sentait beaucoup plus à l'aise avec vous.

Rosalie savait qu'il lui faudrait du temps pour apprivoiser Tommy, mais elle se garda bien de le préciser.

— J'en suis heureuse, dit-elle. Puis, sans transition : Nous pourrions faire une émission sur le cirque dans *Vous informer*. Qu'en pensez-vous?

Les yeux de Justin étincelèrent.

— C'est une excellente idée. Je crois que les téléspectateurs adoreraient voir le lanceur de couteaux trancher une pomme sur la tête de Gilda!

« Oh, comme j'aimerais ça! » songea Rosalie en s'asseyant sur le canapé du salon.

— J'appellerai le cirque dès demain.

Justin s'accroupit devant la cheminée pour mettre des bûches et allumer un feu. Bientôt, les flammes crépitèrent dans l'âtre. Rosalie regarda par la fenêtre.

Dehors, il avait commencé à pleuvoir et les branches des arbres ployaient sous les assauts du vent glacial. Mais dans l'appartement il faisait délicieusement bon. Agenouillé devant l'âtre, Justin attisait le feu. Il portait un pantalon en velours et une chemise écossaise et la lueur des flammes allumait des reflets dorés dans ses cheveux blonds.

Toute la journée, Rosalie avait attendu qu'il termine la phrase commencée dans la voiture. Le moment était venu.

— Justin, à propos d'aujourd'hui...

— Vous avez été merveilleuse avec Tommy, dit-il en se relevant. Drôle, douce, affectueuse, vous m'avez donné une belle leçon.

A cet instant, Rosalie n'avait aucune envie d'entendre chanter ses vertus maternelles. Elle était sincère en prétendant qu'aucun parent n'était parfait. Elle faisait de son mieux avec Violette et aujourd'hui, pour la première fois, elle avait vu Justin faire de son mieux avec Tommy. Il adorait son fils et ses efforts attendrissants pour améliorer leurs relations le rendaient encore plus cher à la jeune femme.

— Merci, mais je...

— Je pensais agir dans l'intérêt de Tommy en venant à Boston. Je souhaitais qu'il ait tout ce que je n'avais pas eu étant enfant, sans prendre conscience que ce qu'il voulait, c'était moi... Je n'ai pas non plus compris combien mon éloignement pouvait piéger Elaine, mon ex-femme.

Rosalie n'avait vraiment pas envie de l'entendre

parler de son ex-femme. Une bûche s'effondra dans la cheminée, attirant l'attention de Justin, et il ne vit pas son expression déçue.

— Rosalie, venez m'aider. Ce bois brûle mal. Pendant que je le soulève avec le tisonnier, utilisez le soufflet pour ranimer les flammes.

Ils firent repartir le feu. Agenouillée auprès de lui, elle avait envie de promener ses doigts sur la douce flanelle de sa chemise, puis de les glisser sous le tissu pour sentir sa peau lisse et chaude.

— Justin, ce matin, dans la voiture, vous vouliez me dire quelque chose.

Il s'essuya les mains sur son pantalon.

— Oui.

Illuminé par le feu, jamais son visage n'avait paru plus beau à la jeune femme. Il était assis près d'elle et son besoin de le toucher était presque intolérable.

— Vous m'avez dit des choses qui m'ont vraiment perturbé, mais elles étaient méritées. Je vous en suis reconnaissant, mais c'est plus que de la gratitude, et j'éprouve un immense respect pour vous et votre gentillesse.

— Je vous en prie. A vous entendre, on croirait que je mérite une médaille !

Il sourit. A la lueur des flammes, son visage rayonnait de désir. Il avança la main et d'un doigt léger, il dessina le galbe de sa joue pour finir sur ses lèvres. Là, son doigt s'attarda, soulignant la courbe douce et sensuelle de sa bouche.

— Je n'ai pas fini ce que je voulais dire, murmura-t-il. En dehors de vos talents d'éducatrice, vous êtes aussi très attirante...

Enfin les paroles qu'elle avait attendues toute la journée...

— Et très sexy.

« Oh, continuez, ne vous arrêtez surtout pas... »

— Je vous désire depuis le premier jour où je vous ai vue.

— Moi aussi, avoua-t-elle. Mais vous êtes mon patron et toutes les femmes de la chaîne sont amoureuses de vous.

Il déposa un baiser au creux de son cou.

— J'ai vu comment les hommes vous regardent, mais vous ne vous en rendez même pas compte.

— C'est vrai ? demanda-t-elle avec surprise.

— Mmm... Vous êtes si absorbée par votre travail que vous ne voyez même pas leurs tentatives de séduction. C'est comme si vous vous considériez vous-même comme asexuée...

Rosalie savait qu'il avait raison, mais elle était en train de changer.

— Ce soir, pas du tout, murmura-t-elle. Je ne suis plus ni réalisatrice ni mère, je suis juste femme.

— Et quelle femme...

Il la prit dans ses bras et l'embrassa, d'abord doucement puis avec passion. Nouant ses bras autour de son cou, elle se serra contre lui. Ce soir, elle ne cherchait pas à rivaliser avec lui. Tout ce qu'elle souhaitait, c'était s'en remettre entièrement à lui, s'abandonner sans retenue.

Elle sentit ses mains glisser dans son dos et s'attaquer à l'agrafe de son soutien-gorge. Le léger vêtement libéra ses seins, et elle n'eut plus qu'une envie, sentir sa peau nue contre la sienne. Ses vêtements la gênaient, elle était impatiente d'être à lui sans plus rien pour les séparer.

Déboutonnant sa chemise, elle promena ses mains, puis ses lèvres sur sa poitrine chaude et musclée. Son cœur battait sous sa bouche, son souffle effleurait ses cheveux.

Soudain, ils entendirent tousser. Rosalie leva la tête. Un doigt sur la bouche, Justin lui fit signe de se taire. Les yeux fixés sur la porte de la chambre de Tommy, ils attendirent, mais dans la maison silencieuse, seul le ronflement du feu se faisait entendre.

Prenant la main de la jeune femme, Justin se leva et l'entraîna dans sa chambre. Il referma la porte derrière eux.

— Plus d'interruptions, dit-il.

La pièce était chaude et confortable, et la pluie qui crépitait dehors les isolait du monde, comme s'ils avaient été seuls sur terre. Justin lui enleva son pull-over et son soutien-gorge glissa sur le tapis. Il contempla ses seins nus, superbes comme deux fruits mûrs.

Sa bouche prit tour à tour possession de chacune des pointes roses tandis que ses mains achevaient de dénuder la jeune femme.

Quand elle fut nue, son regard brûlant glissa sur elle avec admiration. Si elle était petite, son corps était merveilleusement proportionné et elle avait la perfection délicate d'un saxe.

Elle s'allongea sur le lit et murmura son nom en tendant les bras.

Il se débarrassa rapidement de ses vêtements. A la lueur de la lampe de chevet, elle vit combien il était beau et bien fait. Il se coucha près d'elle et ses mains entreprirent d'explorer les mystères de ce corps si convoité.

Elle frémit à ce contact. Il était visible qu'il la désirait, mais il ne voulait pas hâter les choses. Sa bouche jouait avec la pointe de ses seins, ses mains la caressaient, et elle en gémissait de plaisir.

Un indicible bonheur s'empara d'elle. Elle s'offrait comme elle ne l'avait jamais fait. En même temps, elle lui rendait audacieusement ses caresses. Il n'y avait pas la moindre gaucherie, pas le moindre embarras dans leurs ébats.

Puis il entra en elle. Ils s'accordaient à la perfection et n'en furent même pas surpris. Lentement d'abord, puis avec passion, elle le suivit sur le chemin de la volupté.

A l'instant même où il fermait les yeux, vaincu par le plaisir, elle cria d'extase entre ses bras.

7.

— Vous n'êtes pas obligée de partir maintenant.
Rosalie tendit la main vers ses vêtements épars.
— Si, Justin. Violette risque de s'inquiéter.
— N'est-elle pas avec Kevin ?
Elle le regarda. Allongé sur le lit dans sa superbe nudité, il ressemblait à un lion repu, satisfait.
— Si, mais elle ne va pas tarder à rentrer et elle va trouver la maison vide.
Il se redressa sur un coude.
— Etes-vous obligée de rentrer en même temps qu'elle ?
Ne sachant que répondre, elle enfila son slip et entreprit d'agrafer son soutien-gorge.
— Laissez-moi faire, dit-il.
Avec un sourire, elle s'assit sur le lit. Se redressant, il fit mine de batailler avec la fermeture de son soutien-gorge. Il renonça vite. Glissant sous ses aisselles, ses mains se refermèrent doucement autour de ses seins. Elle frémit.
— On recommence ? murmura-t-il en déposant un baiser sur sa nuque.
Elle faillit céder, d'autant que ses caresses fai-

saient naître en elle de nouvelles sensations exquises, affolantes. Elle aurait voulu rester éternellement dans ses bras, mais...

— Il est temps que je m'en aille. Je n'ai pas prévenu Violette que je ne rentrerai pas. Elle pourrait s'inquiéter.

— Appelez-la.

— Pour lui dire quoi ? Que j'ai décidé par hasard de passer la nuit ici ?

— Ce n'est pas ainsi que ça s'est passé, dit-il.

Il resserra son étreinte autour d'elle et enfouit son visage dans ses cheveux ébouriffés.

— Vous étiez merveilleuse. Une autre Rosalie.

— Je suis différente. Et c'est votre faute.

Il lui prit la main et déposa un baiser sur la peau douce de son poignet.

— Chéri, je dois partir, dit-elle à regret.

— Chéri ! C'est votre premier mot tendre à mon égard, remarqua-t-il en se décidant à agrafer son soutien-gorge. J'en suis ravi. N'oubliez pas de m'appeler ainsi au bureau.

La réflexion ramena Rosalie à la réalité. Elle se leva.

— Nous jouons un jeu dangereux, Justin.

— Rosalie...

Comme elle ne répondait pas, il ajouta :

— Ma douce, ma tendre, ma chérie, mon ange, ma caille, ma pomme d'amour.

Elle ne put s'empêcher de rire.

— Ecoutez, canard en sucre, dit-il en s'étirant, je n'ai pas l'intention de renoncer à vous maintenant. Pas après ce qui vient de se passer entre nous.

Elle adora son regard possessif. Elle n'avait pas

envie de renoncer à lui non plus, même si elle était loin de considérer la situation avec autant de désinvolture que lui.

— Justin, j'ai autant envie de vous que vous de moi. Mais je vous en prie, ne me traitez pas de pomme d'amour.

Il sourit.

— Pourquoi? Vous êtes ronde là où il faut et vous êtes délicieuse. Mais il faut faire quelque chose pour votre lingerie.

Rosalie enfila son pull.

— Pourquoi? Qu'est-ce qu'elle a?

— Elle est trop... pratique.

— Quelle importance s'il n'y a personne pour la v...

— Maintenant, il y a quelqu'un pour la voir!

— Pas au travail.

— Mais si vous portez des sous-vêtements en dentelle, je le saurai. Et j'y penserai toute la journée.

Il s'arracha du lit et enfila un peignoir négligemment posé sur le dossier d'un fauteuil.

— Je vous propose un marché, dit-elle en finissant de s'habiller. J'achèterai de la lingerie si vous rangez cette chambre la prochaine fois que je viendrai.

Il regarda autour de lui d'un air surpris.

— Vous trouvez que c'est en désordre? Enfin, c'est d'accord. Mais c'est moi qui achèterai la lingerie.

— Non. D'ailleurs vous ne connaissez pas ma taille.

— J'en ai une vague idée, dit-il en s'approchan

d'elle. Mais si vous voulez, je peux reprendre vos mensurations...

— J'adorerais cela, mais je dois appeler un taxi.

— Je réglerai le chauffeur.

— Vous êtes très généreux, Justin, mais vous n'avez pas à tout payer pour moi. Et pourquoi ma lingerie est-elle si importante? N'aimez-vous pas me l'enlever le plus vite possible?

Eclatant de rire, il caressa ses longs cheveux noirs.

— Ce soir, vous vous êtes révélée incroyablement sensuelle et lascive. Je ne peux associer cette Rosalie-là qu'à des sous-vêtements suggestifs.

Rosalie le considéra pensivement. Il était en train de parler de changer son image, même s'ils étaient les seuls à être au courant de ce changement.

Pourtant, elle hésita un moment avant de se décider à lui céder. Elle se sentait vraiment différente ce soir et la sensation était enivrante. Après tout, quelle importance s'il lui offrait de la lingerie coquine? En fait, elle était plutôt curieuse de voir ce qu'il allait choisir.

— Entendu, dit-elle. Vous pouvez acheter le *teddy* de vos rêves. En contrepartie, je vous offrirai des slips.

Il avait décroché le téléphone pour appeler un taxi.

— Parfait! J'ai justement besoin de nouveaux caleçons.

Elle glissa les mains sous le tissu de son peignoir.

— Je préfère les slips, murmura-t-elle. Les caleçons sont vraiment trop pratiques...

Pendant le trajet de retour et toute la journée du dimanche, Rosalie repensa à sa nuit avec Justin. Elle s'était révélée à elle-même dans ses bras, se donnant à lui sans hésitation, sans le moindre embarras. Elle qui avait toujours manqué de confiance en elle dans les bras d'un homme!... Jusqu'à l'irruption de Justin dans son existence.

Elle avait la sensation grisante d'être désormais libérée de toutes ses inhibitions.

Sans souci de la dépense, elle passa la journée de dimanche à faire les boutiques de lingerie. Justin avait raison. Ce qu'elle portait était trop pratique. Or elle ne voulait plus être pratique. Sa décision de poursuivre ses relations avec Justin en était la preuve.

Foncer tête baissée dans une liaison avec lui était peut-être un peu irréfléchi. Cela allait certainement compliquer sa vie déjà bien remplie, mais elle refusait de s'y attarder. Elle se sentait libérée de toute entrave, comme autrefois, quand elle n'était pas encore submergée de responsabilités.

Elle contempla son reflet dans le miroir du salon d'essayage. Une nouvelle femme la regardait. Pas une réalisatrice ni une mère, mais une jolie femme désirable. C'était décidé, elle allait s'offrir cette ravissante petite chemise de nuit rose. Justin allait l'adorer.

Allongée dans son lit le dimanche soir, elle réfléchit longuement aux sous-vêtements qu'elle porterait le lendemain. Elle ne put s'empêcher de sourire. Le dilemme était inhabituel pour elle. Mais cette métamorphose la réjouissait. Justin était vraiment un homme pour elle. Certes, ils n'étaient pas

134

toujours d'accord dans leurs relations professionnelles, mais ils se comprenaient et se respectaient
mutuellement.

Elle se blottit sous les couvertures, impatiente
d'être au lendemain. Cette nuit-là, aucune inquiétude ne vint troubler ses rêves.

Le lundi, le jour se leva sur un temps froid et
menaçant. Le ciel était gris et chargé de pluie. Tout
en roulant vers son bureau, Rosalie entendit le
tonnerre gronder dans le lointain.

Mais rien n'aurait pu altérer sa bonne humeur.
La vie était trop belle pour se laisser déprimer par
un triste matin d'automne. Sous son tailleur en
flanelle grise, elle portait de la lingerie si arach-
néenne qu'elle avait l'impression d'être toute nue.
Elle avait hâte d'en parler à Justin.

Sa secrétaire informa la jeune femme qu'il serait
en retard. Déçue, elle alla prendre son petit déjeuner à la cafétéria de la chaîne. Elle mâchonnait
distraitement un morceau de toast caoutchouteux
quand elle entendit une voix familière.

— Tu permets que je me joigne à toi ?

Sans attendre sa réponse, Gilda s'assit à sa table.
Elle portait une robe sac qui, malheureusement,
avait vraiment l'air d'un sac sur elle. Mais le plus
surprenant était le nombre impressionnant de livres
qui débordaient de son sac à main. En outre, son
plateau était surchargé de nourriture.

— D'habitude, tu ne manges pas autant le
matin, remarqua Rosalie.

— D'habitude, je ne mange pas autant de toute
la journée. Mais Justin trouve que j'ai le visage trop
maigre.

135

De fait, les régimes permanents auxquels elle s'astreignait donnaient souvent mauvaise mine à Gilda. Rosalie le lui avait déjà dit. En vain. Mais elle semblait toute disposée à suivre les suggestions de Justin.

— Tu crois qu'il va pleuvoir ? demanda Rosalie.

— Je l'espère, répondit Gilda en mettant trois sucres dans son café. Le mauvais temps incite les gens à rester chez eux. C'est excellent pour notre indice d'écoute.

— Alors, prions pour qu'il y ait une tempête.

La plaisanterie était sans prétention, mais Gilda éclata de rire.

— Oh, Rosalie, tu me feras mourir... bien que je te trouve parfois un peu trop sophistiquée pour le genre d'émission que nous faisons. Tu vois ce que je veux dire ? En tout cas, cela a été très instructif de travailler avec toi.

— A été ? Tu sais quelque chose que j'ignore ?

Gilda se fit mielleuse.

— Non, bien sûr que non. En fait, tu ne trouves pas que l'ambiance du bureau s'est améliorée ces derniers temps ?

Gilda avait raison. Depuis l'arrivée de Justin, Rosalie s'opposait plutôt à lui qu'à Gilda, même si les deux jeunes femmes n'étaient pas pour autant devenues amies.

— Oui, c'est vrai.

— C'est grâce à Justin. Il est exactement ce dont l'émission avait besoin. Tu ne peux le nier.

Rosalie tourna sa cuillère dans sa tasse de café. Elle n'avait aucune envie de parler de Justin avec Gilda.

— Pourquoi tous ces livres ? demanda-t-elle.

Le visage de Gilda s'illumina.

— C'est de la documentation.

— Sur quoi ?

Gilda sortit un ouvrage de son sac et le lui tendit. Il s'intitulait : *L'Image : ce n'est pas qui vous êtes qui compte, mais ce que vous semblez être.*

— J'ignorais que tu n'étais pas satisfaite de ton image, Gilda.

— Ce n'est pas ça, mais Justin m'a fait comprendre que j'essayais de donner de moi une image qui ne correspondait pas vraiment à ma personnalité. En m'inspirant de la façon de s'habiller et de se maquiller des vedettes, j'adoptais leur image au lieu de définir la mienne propre.

Rosalie avait toujours été de cet avis.

— C'est vrai, commenta-t-elle avec enthousiasme. J'ai toujours pensé que ton style n'était pas... disons en accord avec l'atmosphère générale de l'émission.

Gilda posa une portion de fromage fondu sur une tartine de pain et commença à l'étaler.

— Ne te méprends pas, Rosalie, je ne vais pas pour autant me mettre à porter des tailleurs bleu marine.

— Mais tu parlais d'image...

— Exactement ! dit Gilda en mordant à pleines dents dans sa tartine. L'image de *Vous informer* est en train de changer. Je dois donc changer, moi aussi. Mais jamais je n'aurais cru que modifier son image pouvait être aussi compliqué. Cela implique des recherches démographiques, statistiques. Comme Justin me disait hier soir...

— Tu as vu Justin hier soir?

Gilda lui lança un regard pénétrant.

— Oui, nous avons dîné ensemble. Je suis si occupée pendant la journée que je n'ai pas le temps de discuter de l'émission avec lui.

« Trop occupée à signer des autographes, oui », songea Rosalie.

— Qu'a-t-il dit de ton image? demanda-t-elle.

— Que la majorité de nos téléspectateurs est constituée de femmes mûres qui veulent voir dans l'animatrice dont elles suivent quotidiennement les émissions leur meilleure amie et non un symbole de *glamour*. Nous avons donc décidé qu'au lieu de ressembler à une star de cinéma, je devrais me conformer à l'image de la femme qu'elles rêvent d'être tout en étant leur meilleure amie. Nous ferons davantage d'émissions où je pourrai leur montrer que j'ai les mêmes problèmes qu'elles pour qu'elles se sentent proches de moi. Et je m'impliquerai davantage dans la préparation des questions pour qu'elles soient... hum... simples et faciles à comprendre.

La tartine disparut dans la bouche de Gilda en même temps que l'optimisme de Rosalie. Gilda, la meilleure amie de tout le monde? Rosalie ne savait pas ce qui l'irritait le plus : d'avoir été exclue d'une réunion sur l'émission ou les calculs auxquels se livraient Justin et Gilda.

— Ne peux-tu simplement présenter l'émission? demanda-t-elle. Franchement, tu ne peux pas être la meilleure amie d'invités discutant de la peine capitale.

Gilda lui jeta un regard froid.

— Evidemment. Tous les bons présentateurs ont une image qui leur est propre, quelle qu'elle soit. Et ils ne la modifient pas en fonction des thèmes de leurs émissions.

— Mais en général, cette image est fondée sur des aspects authentiques de leur personnalité.

— Comme tu es naïve, Rosalie ! Peu importe si leur image est fausse. Que diable, je ne tiens pas à être la meilleure amie de tous nos spectateurs. Les livres que Justin m'a passés hier soir m'ont vraiment aidée à voir comment je pouvais me faire une image personnelle. On y parle de tout, depuis l'impact de l'ombre à paupière jusqu'aux teintes de vernis à ongles à éviter. Il y est même question de lingerie !

— De lingerie ?

— Oui. Mais Justin dit que je peux porter ce que je veux dans ce domaine. Nous avons fait le tour de tous les aspects de mon apparence. C'est fantastique d'avoir une opinion masculine sur quelque chose d'aussi personnel. Justin a parfaitement saisi ce concept d'image et la façon dont nous pouvons l'exploiter.

— Gilda, tu n'es pas un tube de dentifrice ! Tu as une nature fantasque, extravagante. On ne peut faire de toi une... femme popote.

Gilda mordit dans un beignet à la confiture et s'essuya la bouche avant de répondre :

— C'est ma chance de devenir une célébrité. Tu sais que l'augmentation de notre indice d'écoute nous met en bonne place pour une diffusion de l'émission au niveau national. Vois grand, Rosalie ! Cesse de considérer *Vous informer* comme un petit débat local sans envergure.

Rosalie se demanda pourquoi Justin ne lui avait pas parlé de son rendez-vous avec Gilda. Mais pourquoi l'aurait-il fait? En tant que directeur de production, il n'avait pas de comptes à lui rendre.

Cependant ce dîner secret avait ébranlé sa confiance. Elle risquait d'être de plus en plus souvent exclue des décisions concernant l'émission, d'autant plus qu'elle était opposée à la nouvelle tendance que voulaient lui donner Justin et Gilda.

Et puis, elle devait l'admettre, elle était jalouse de l'intérêt que portait Justin à l'apparence de Gilda. Peu importait qu'il essaie de faire d'elle ce qu'elle n'était pas. C'était son implication personnelle dans le processus qui l'ennuyait.

Mais pourquoi se sentait-elle menacée par son envie de remodeler Gilda?

Elle savait pourquoi, bien sûr. Justin avait fait des commentaires très particuliers sur sa lingerie et elle ne voulait pas qu'il s'intéresse aussi intimement à une autre femme.

Gilda s'attaqua à un pamplemousse juteux, mais Rosalie ne pouvait plus rien avaler. Elle s'excusa et quitta la table.

Elle se rendit directement dans le bureau de Justin. Sa secrétaire lui dit qu'il était arrivé et elle entra sans s'annoncer et referma la porte derrière elle. Il était au téléphone.

En le voyant, elle sentit son cœur s'alléger. Le sourire aux lèvres, il lui fit signe de s'asseoir. Mais elle avait d'autres idées en tête.

Tirant le verrou de la porte, elle s'avança vers le bureau et s'assit sur ses genoux.

— Hum... Joe... je peux te rappeler? J'ai un imprévu...

Lentement, Rosalie déboutonna son chemisier et montra un court instant son délicat soutien-gorge couleur chair.

— Je ne voulais pas que vous vous posiez des questions toute la journée, dit-elle en se levant.

— Madame Ferris, est-ce là un comportement professionnel tout à fait digne?

— Tout dépend de la profession, répliqua-t-elle en reboutonnant son chemisier.

Il s'adossa à sa chaise et la contempla.

— C'est gentil d'avoir pensé à moi.

— C'était ma façon de vous dire bonjour.

Il rit.

— Une façon bien agréable, ma foi. Pour vous, ma porte sera toujours ouverte. Ou devrais-je dire fermée?

Elle sourit.

— Je voulais juste vous montrer ma nouvelle lingerie. Contrairement à ce que vous semblez penser, je peux accepter de nouvelles idées.

Il se leva et la prit dans ses bras.

— J'ignore si je vais savoir m'y prendre avec la nouvelle Rosalie. J'avais déjà du mal avec l'ancienne...

Elle leva les yeux vers lui.

— Au fond, je suis toujours la même. Je n'ai pas radicalement changé d'image pour devenir la meilleure amie de tout le monde...

Il lui jeta un regard aigu.

— Comment êtes-vous au courant de mon dîner avec Gilda?

— Elle m'en a parlé, bien sûr. Pourquoi ne m'avez-vous rien dit samedi?

— Elle m'a appelé samedi matin pour fixer ce rendez-vous. Juste après, Tommy a renversé son bol de flocons d'avoine par terre et pendant tout le reste de la journée, je dois dire que j'ai pensé à autre chose qu'à l'émission. J'ai essayé de vous appeler dimanche après-midi, mais il n'y avait personne. Vous deviez être en train de faire les boutiques, dit-il en souriant. Qu'avez-vous acheté d'autre ?

Il l'attira à lui.

— Vous n'avez encore rien vu, murmura-t-elle.

Il posa ses lèvres sur les siennes pour un baiser très tendre mais bref. Mais Rosalie voulait davantage. Elle avait besoin d'être rassurée.

Elle se colla à lui et l'embrassa intimement, passionnément. La réaction de Justin dépassa ses espérances. La soulevant dans ses bras, il répondit ardemment à son baiser. Elle ne pouvait plus douter du désir qu'elle lui inspirait. Mais ce n'était ni l'endroit ni le moment de le satisfaire.

Elle s'écarta doucement.

— Seigneur, vous me faites un de ces effets, murmura-t-il d'une voix rauque.

Elle promena sa main sur sa poitrine.

— Je peux être votre meilleure amie ?

— Vous vous moquez de mon idée.

— Je pensais que nous pourrions en parler.

Il lui jeta un regard railleur.

— Vous êtes venue ici pour parler ?

— Dites-moi, la nouvelle Gilda aura-t-elle le sens de l'humour ? Car l'ancienne ne l'avait pas.

— Si nous nous asseyions pour en discuter ?

Ils prirent place sur le canapé et quand il se tourna vers elle, il avait repris son sérieux.

— Nous savons tous les deux que le look de Gilda ne lui est pas entièrement favorable.

— Oui, mais...

— Il est aussi fortement question que l'émission ait une diffusion nationale. Les choses semblent se préciser. Apparemment, on aime bien Gilda, mais on voudrait que son image soit mieux définie. C'est aussi mon avis et celui de Larry. Mais que la diffusion nationale soit effective ou non, le moment est venu de métamorphoser notre Gilda.

— Qu'entendez-vous par là? Croyez-moi, je ne suis pas contre le fait de raffiner un peu son apparence, mais il semble que vos projets aillent bien plus loin.

— J'y ai beaucoup réfléchi, dit-il en lui retournant son regard. Depuis mon arrivée, j'étudie son image pour voir si elle nous est favorable. J'en suis arrivé à la conclusion que nous devions définir davantage sa personnalité.

Rosalie soupira.

— Où finira donc cette passion de la célébrité, ce culte de la personnalité?

— Je ne peux prévoir l'avenir, mais je connais le présent. D'après notre enquête, le public veut...

— Une amie, une meilleure amie.

— Notre travail est d'adapter cette notion à la structure de l'émission.

— Et si cette nouvelle personnalité est incompatible avec le ton de *Vous informer*?

— Nous travaillerons à rendre compatibles tous les aspects de l'émission.

— Je ne vois pas d'objection à ce que Gilda change de coiffure ou de maquillage, mais je me méfie de ce concept de meilleure amie. Comme si Gilda était l'amie de tout le monde! Vous pouvez changer son *look*, mais vous ne pouvez pas complètement la transformer. C'est un être humain, elle ne peut aller à l'encontre de sa vraie nature sans que le public finisse par s'en apercevoir.

Justin croisa les mains.

— Son apparence a besoin d'être raffinée, nous sommes bien d'accord?

— Oui, mais...

— Alors faisons un essai. Jusqu'à maintenant, elle n'a jamais rien voulu modifier à son aspect physique, n'est-ce pas?

Justin avait obtenu ce pour quoi Rosalie se battait depuis des années, elle n'allait quand même pas s'en plaindre.

— Comment comptez-vous opérer cette transformation? demanda-t-elle.

Il s'adossa au canapé.

— Je vais faire appel à des experts en communication pour la conseiller. Cela prendra du temps. Mais pour l'instant, nous pourrions nous concentrer sur son apparence, c'est-à-dire sur sa coiffure, sa façon de s'habiller, son maquillage, et la nouvelle Gilda serait présentée lors d'une émission dont elle sera la vedette.

— Quoi?

Il soupira.

— J'étais sûr que vous réagiriez ainsi.

— Et vous aviez sacrément raison! C'est un coup de publicité, rien d'autre!

Il se pencha vers elle.

— Appelez ça un coup de pub si vous voulez.

144

Pour moi, c'est un événement spécial. Le *look* de Gilda va changer en mieux, nous sommes d'accord sur ce point. Pourquoi ne pas jouer là-dessus? Prévenons le public à l'avance de ce qui se prépare et laissons les téléspectatrices s'identifier à Gilda comme n'importe quelle femme ordinaire qui rêve d'être une autre.

— En d'autres termes, vous voulez faire une émission présentée par Gilda, sur Gilda et avec Gilda en vedette. Quel culte de l'ego! On ne pourra plus rien en tirer après ça. J'ai déjà du mal à la faire se préparer comme il faut avant chaque émission...

Il secoua la tête.

— Il ne s'agit que d'une émission pour marquer le lancement de sa nouvelle image. Vous n'aimiez pas l'ancienne, n'est-ce pas?

— Je voulais surtout qu'on y attache moins d'importance! Si les gens regardent *Vous informer* uniquement pour voir Gilda, ils passeront sur une autre chaîne quand ils seront las de sa personnalité. J'ai vu des douzaines d'émissions débats disparaître comme ça.

— Cela ne se produira pas.

Elle croisa les bras.

— Et pourquoi, s'il vous plaît?

— Parce que vous réalisez l'émission, voilà pourquoi. La qualité que vous lui apportez retiendra les téléspectateurs.

Elle poussa un soupir.

— Cela fait plaisir à entendre. Gilda vient de me dire qu'elle allait s'impliquer davantage dans la réalisation des émissions. Elle m'a parlé de votre projet d'exploiter les thèmes chargés d'émotion.

Ainsi, elle pourra exprimer ses propres sentiments et se rapprocher vraiment des invités. Justin, j'ai l'impression de ne plus contrôler *Vous informer*.

Il posa doucement sa main sur la sienne, mais elle ne réagit pas.

— Rosalie, pour vous, le contrôle doit être total. La présentatrice, le thème, les invités, tout doit passer par vous. La télévision est un travail de collaboration, vous savez.

— Je sais, riposta-t-elle, piquée au vif. Mais avant votre arrivée, j'avais l'entière responsabilité de l'émission.

Il lui pressa la main.

— Je sais quelles responsabilités à la fois personnelles et professionnelles vous avez dû endosser ces dernières années, mais je suis là maintenant. Sur le plan privé, je veux faire partie de votre vie. Professionnellement, j'y suis obligé. Mais je sais que nous pouvons travailler ensemble à faire de *Vous informer* une plus grande réussite.

Elle se mordilla la lèvre.

— Si j'ai du mal à renoncer à contrôler l'émission, c'est parce qu'elle compte énormément pour moi. A mon avis, Gilda n'a pas les qualités requises pour la présenter à l'échelle nationale, Justin. Elle est trop dispersée et elle peut même lui nuire si elle n'est pas soigneusement préparée.

— Eh bien, nous la préparerons. Elle aura droit à une formation de première classe, par des experts ! Avec un remodelage approprié, elle acquerra une personnalité parfaitement acceptable pour une diffusion nationale.

— Dépendre à ce point d'une image créée de

146

toutes pièces est risqué. Je vous trouve un peu trop confiant. La télévision n'est pas uniquement faite d'images factices et d'étalage d'émotions. Moi aussi, je veux que *Vous informer* soit une réussite, mais ma définition de la réussite est différente de la vôtre.

Il la regarda avec curiosité.

— Croyez-vous que nos définitions de la réussite soient si différentes? Ne souhaitons-nous pas donner à ceux qui dépendent de nous les meilleures choses de la vie?

— Si par *meilleures choses* vous entendez l'amour, l'attention, la sécurité et la confiance en soi, alors oui. C'est ce que je veux pour Violette. N'est-ce pas ce que vous désirez pour Tommy?

Le regard de Justin s'adoucit.

— Oui.

— A propos, comment vont les choses entre vous?

Il sourit.

— Beaucoup mieux, merci. Maintenant, au moins, nous parlons. Je lui ai promis que je viendrai le voir à Chicago le week-end prochain.

— Ah…, commenta la jeune femme qui avait caressé d'autres projets pour ce week-end.

Il se pencha et déposa un baiser au creux de sa nuque.

— Il reviendra à Boston le week-end suivant. Je crois qu'il vous aime bien, Rosalie. Nous allons bien nous amuser, tous les trois, et le soir, nous essayerons de trouver quelque chose pour nous distraire, vous et moi…

— Je suis heureuse que vous vous entendiez mieux, tous les deux.

Elle était sincère, mais elle n'était pas sûre que l'enfant allait apprécier sa présence autant que son père.

Elle se leva.

— Je dois m'occuper de l'émission d'aujourd'hui, annonça-t-elle. Quand exactement la métamorphose de Gilda sera-t-elle révélée au public?

— Dans environ deux semaines.

— Et comment s'intitulera l'émission?

— « Tout sur Gilda. »

8.

— N'est-ce pas terriblement excitant?

— Oh, Peggy, tu ne vas pas t'y mettre aussi!. s'écria Rosalie avec exaspération.

Peggy émit un petit rire.

— Désolée, Rosalie, mais je vois un peu « Tout sur Gilda » comme une nouvelle histoire de Cendrillon. Regarde la robe qu'elle va porter aujourd'hui, pour la grande occasion! Elle est magnifique, non? Il y a deux semaines, jamais tu ne lui aurais fait porter quelque chose d'aussi classique.

Rosalie jeta un coup d'œil à la robe qui était suspendue à un cintre, dans la loge où elles se trouvaient.

— C'est vrai, admit-elle. Elle aurait probablement prétendu que cette robe était faite pour une vieille intellectuelle pleine de varices...

Elles pouffèrent.

— Tu te rends compte qu'elle a renoncé à porter ses extravagantes fourrures simplement parce que Justin prétend qu'elles ne vont pas avec sa nouvelle image, disons... plus épurée?

— Beaucoup de choses m'ont semblé risibles

ces quinze derniers jours, pour ne pas dire absurdes, commenta Rosalie.

Peggy examina les luxueux produits cosmétiques qui trônaient sur la coiffeuse.

— Il y a eu du changement, c'est certain, commenta-t-elle.

— J'aimerais pouvoir dire que c'est en mieux.

Peggy prit un pot de crème antirides et s'en passa autour d'un œil.

— D'accord, cette nouvelle image est un peu factice, mais c'est aussi amusant, non? Tu crois que le maquilleur de Gilda accepterait de me donner des conseils?

Rosalie ramassa ses papiers.

— Tu n'as qu'à lui dire à quoi tu veux ressembler.

— Je voudrais être une vamp. Nous voulons *toutes* être ce que nous ne sommes pas, non?

Rosalie regarda machinalement son propre reflet dans la glace. Les plis délicats de sa robe bleue accentuaient la finesse de sa taille, le galbe harmonieux de ses hanches et la rondeur de sa poitrine.

Deux mois plus tôt, jamais elle n'aurait porté une robe aussi féminine. L'arrivée dans sa vie de Justin Benedict l'avait transformée. Il avait vu en elle non pas ce qu'elle *semblait* être, mais ce qu'elle *voulait* être, une femme attirante et désirable.

Aujourd'hui, on allait dévoiler la métamorphose d'une autre femme, Gilda. Avec un sentiment de malaise, Rosalie ne pouvait s'empêcher de faire un parallèle avec sa propre situation. Toutes deux abandonnaient une image pour une autre, et ce grâce à Justin. La seule différence était que le changement de Rosalie était bien réel.

Laissant Peggy en train de rêver devant le miroir, elle quitta la loge.

Deux semaines avaient passé depuis que Justin avait proposé le « Tout sur Gilda ». Larry avait donné sa bénédiction au projet et Gilda en avait pleuré de bonheur.

Une grande réunion s'était tenue dans le bureau de Justin entre Larry, Gilda, Justin, Rosalie et Peggy, pour déterminer les paramètres de la nouvelle image de Gilda.

Justin écouta attentivement les idées de chacun, mais quand la réunion s'acheva, la nouvelle image de Gilda reflétait essentiellement son propre point de vue.

Malgré l'opposition de Gilda, Rosalie fut chargée de contrôler les modifications du maquillage et de la garde-robe.

— Elle va me faire porter des tailleurs, gémit Gilda.

Rosalie sourit.

— Je vais appeler dès aujourd'hui deux grands couturiers de Boston, Gilda. Je leur expliquerai quelle image nous voulons te donner et j'attendrai leurs suggestions. Si ce qu'ils nous proposent nous plaît, je m'arrangerai avec eux pour que les vêtements te soient prêtés en échange de la publicité que nous leur ferons en fin d'émission.

— Qui choisira mes tenues?

— Nous deux.

— Et si nous ne sommes pas d'accord?

— Alors ce sera Rosalie qui décidera, décréta Justin. Mais je suis sûr que vous arriverez à un consensus sur les tenues vestimentaires et les cosmétiques.

Il s'ensuivit une discussion animée sur les changements que subirait Gilda. Il allait de soi que sa coupe et sa couleur de cheveux seraient modifiées, ainsi que son maquillage. Mais Gilda voulait « ce dont rêvent toutes les femmes », c'est-à-dire un remodelage complet de son corps.

Elle évoqua notamment avec révérence la liposuccion comme s'il s'agissait d'un événement quasi religieux au lieu d'une banale aspiration des graisses.

Sans le moindre embarras, elle décrivit avec éloquence la taille et la forme de seins dont elle rêvait et le petit nez mutin qu'elle avait toujours pensé mériter.

Aux frais de la chaîne, Gilda voulait renaître sous les traits de son alter ego, Gilda la superbe.

Mais Larry refusa de débloquer les milliers de dollars nécessaires à cette métamorphose. D'ailleurs, « Tout sur Gilda » devait être diffusé deux semaines plus tard et la chirurgie plastique prenait du temps.

Ce refus eut l'effet d'une douche froide sur les folles aspirations de Gilda. Rosalie ne put s'empêcher d'éprouver de la compassion pour elle.

— Que penses-tu d'injections de collagène ? proposa-t-elle.

— Leur effet ne dure qu'un temps, répondit Gilda, mais elle considéra Rosalie avec un respect nouveau.

— Qu'est-ce que c'est que ces injections et combien coûtent-elles ? demanda Larry, sa calculatrice à la main.

— Ce sont des traitements par injections destinées à combler les cicatrices faciales et à lisser les rides, expliqua Gilda. Cela se fait chez un médecin et les résultats sont visibles immédiatement.

— Combien ça coûte?

— Je peux obtenir une estimation, proposa Rosalie.

— J'*ai* une estimation, répliqua Gilda.

La fin de la réunion se passa à répartir les autres responsabilités. Justin annonça qu'il veillerait personnellement au remodelage de l'image de présentatrice de Gilda. Larry s'engagea à obtenir l'accord du conseil de la chaîne pour les dépenses prévues. Rosalie ne tenant pas à réaliser l'émission, ce serait Justin qui s'en chargerait.

En route vers le plateau, Rosalie pensait aux deux folles semaines qui venaient de s'écouler. Réaliser les émissions quotidiennes tout en préparant la *nouvelle Gilda* avait été épuisant et très prenant. Justin et elle avaient dû voler quelques moments pour être ensemble, mais, dans ses bras, toute son énergie lui revenait comme par miracle.

Elle n'était pas seulement perturbée par la préparation de l'émission. Elle était aussi partagée entre l'ivresse que lui procurait sa vie amoureuse et son inquiétude à propos des amours de sa sœur.

Violette était visiblement ravie de voir Rosalie s'épanouir avec Justin. Elle se montrait même étrangement tolérante devant les nombreuses absences de sa sœur. Mais Rosalie se méfiait toujours autant de Kevin et les sorties de plus en plus fréquentes des deux adolescents l'inquiétaient.

Violette avait voulu assister sur place à l'émission « Tout sur Gilda » et Rosalie avait cédé, espérant l'entraîner ensuite dans un salon de thé pour avoir avec elle une discussion sérieuse.

Sur le plateau, Rosalie s'assit sur le grand canapé bleu, devant les rangées de chaises en gradins où s'installeraient bientôt les spectateurs. Trois caméras étaient en place près de la plate-forme où elle se trouvait, attendant les images pour renaître à la vie. Des douzaines de projecteurs pendaient du plafond. Dans deux heures, ils illumineraient la nouvelle Gilda pour le public.

Rosalie se sentait un peu mal à l'aise. Certes, la nouvelle image de la présentatrice était de meilleur goût, mais Rosalie demeurait convaincue que malgré leurs efforts, Gilda cherchait toujours à ressembler à une star.

En voulant la changer, ils avaient créé un nouveau personnage qui risquait de leur poser des problèmes...

— Vous devriez présenter l'émission.

Elle leva la tête. Souriant, Justin s'avançait vers elle. Il s'assit sur le canapé. Ses yeux bleus pétillaient d'excitation.

— Je ferais une très mauvaise présentatrice. Je suis trop entière, répondit-elle.

— Vous croyez? Mmm... j'aime beaucoup votre nouvelle robe. Voilà donc la nouvelle Rosalie?

Elle s'efforça de sourire.

— Ne plaisantez pas avec ça, Justin. Vous plaisantez sur tout.

— Et vous, vous vous inquiétez pour tout.

— Comme de la réaction éventuelle du technicien qui pénétrerait sur le plateau et vous verrait en train de me tenir la main...

Il lâcha sa main.

— Je suis fou de vous, Rosalie Ferris.

Elle chercha son regard.

— Et je suis folle de vous, Justin Benedict.

Ils se contemplèrent sans se toucher, mais l'émotion qui passait entre eux était presque palpable.

— Vous vouliez me voir à propos de « Tout sur Gilda »? demanda-t-elle enfin, brisant le silence.

Il passa ses doigts dans ses cheveux.

— Non, je vous cherchais pour une autre raison... C'est à propos de Tommy. Il n'est pas rentré à Chicago dimanche.

— Mais c'est formidable! Il va donc rester avec vous plus longtemps. Aime-t-il les crayons de couleur et le coloriage que je lui ai offerts?

— S'il les aime! Combien de crayons de couleur y avait-il dans la boîte?

— Des millions au moins...

— Fabuleux! Cuisse-de-nymphe est une couleur importante... Mais ce n'est pas des talents artistiques de Tommy dont je voulais vous entretenir... Il a des problèmes à la maternelle.

Le sourire de Rosalie s'évanouit.

— Quel genre de problèmes?

— Il est victime de brimades de la part d'un gamin de sa classe. Il a failli se battre avec lui vendredi. Quand je l'ai récupéré samedi, il en était encore tout bouleversé.

— Pourquoi ne pas m'en avoir parlé plus tôt? Pauvre Tommy! Je sais ce qu'il éprouve. Quand j'étais enfant, un gamin m'a persécutée, moi aussi. Où est Tommy en ce moment? Je vais l'appeler pour lui remonter le moral.

Emu, Justin sourit.

— Il est dans mon bureau.

— Tout seul? Mme Bannon n'est pas avec lui?

— Non, mais j'ai rencontré Violette qui vous cherchait. Elle m'a dit qu'elle veillerait sur lui jusqu'à l'arrivée de la baby-sitter.

Rosalie se leva.

— Je vais le voir.

— Rosalie, attendez! J'ai autre chose à vous dire.

— Vous m'en parlerez après l'émission.

Elle avait quitté le plateau quand il lui vint à l'esprit qu'elle aurait peut-être dû écouter ce que Justin avait à lui dire. Mais que pouvait-il y avoir de plus important que son fils?

En passant devant les bureaux de *Vous informer*, elle entendit la voix suave de Kevin Lucas. Que faisait-il là? Elle jeta un coup d'œil à l'intérieur.

Encadré par deux jeunes employées de la chaîne qui buvaient complaisamment ses paroles, il avait l'air d'un roi entouré de sa cour.

— Je suis tout à fait de votre avis, disait-il d'un ton convaincu. De nos jours, le contrôle des naissances *doit* être la responsabilité de l'homme comme de la femme.

— Absolument, acquiesça la jeune Nina. Vous êtes le premier garçon que je rencontre qui soit de cet avis.

Kevin lui adressa un sourire éblouissant

— Quelle université fréquentez-vous? demanda Margie.

— Hum... Harvard.

« Menteur! » s'insurgea silencieusement Rosalie.

— Vraiment? commenta Margie, impressionnée.

— Mmm… J'ai le sweat-shirt de Harvard dans ma voiture, si vous ne me croyez pas.

— Quelle voiture? s'enquit Nina.

Nina avait une passion pour les voitures rapides. Elle avait même confié à Rosalie que la plupart des grands événements de sa vie s'étaient passés en voiture.

Kevin se dirigea vers la fenêtre.

— C'est celle-là, la BMW noire.

Les deux jeunes filles le rejoignirent.

— Superbe! s'écria Nina. J'aimerais bien la voir de plus près.

— Je pourrais vous emmener faire un tour dedans, dit Kevin d'un ton mielleux.

Rosalie en avait suffisamment entendu.

— Kevin, quelle surprise!

Les trois jeunes gens la regardèrent avec étonnement.

— Nina, Margie, j'aimerais que vous me fassiez la liste des journalistes qui doivent assister à l'émission.

Hochant la tête, les deux jeunes filles quittèrent la pièce. Rosalie regarda froidement Kevin.

— Harvard, hein?

Il sourit d'un air penaud.

— C'est là que je veux faire mes études, non?

— D'ici là, Nina ne s'intéressera plus qu'aux étudiants de dernière année.

— J'aime bien les femmes plus âgées.

Le clin d'œil entendu qui accompagnait ces paroles fit se raidir la jeune femme.

— Que voulez-vous dire par là?

Il rit.

— Que j'aime les femmes. J'aime leur parler. Je crois d'ailleurs que je vais aller rejoindre ma préférée, si vous permettez.

Elle eut un sourire froid.

— C'est auprès d'elle que j'aurais pensé vous trouver.

Ensemble, ils se dirigèrent en silence vers le bureau de Justin. Elle s'était toujours méfiée de Kevin, apparemment avec raison puisqu'elle venait de le voir mentir, flirter avec une autre que Violette et lui faire à elle des avances à peine voilées!

Jamais Violette ne la croirait si elle le lui disait. Au contraire, elle en voudrait certainement à sa sœur et cela ne ferait que la pousser davantage dans les bras de Kevin.

Ils trouvèrent la jeune fille en train de conseiller Tommy pour son coloriage.

— Regarde qui j'ai trouvé, dit Rosalie.

Le regard de la jeune fille glissa de l'un à l'autre.

— Rosalie, hum… c'est chouette, non? J'ai dit à Kevin que je venais ici aujourd'hui et ses parents l'ont autorisé à venir aussi!

Rosalie doutait fortement que les parents de Kevin fussent au courant, mais elle se garda de le préciser. Elle se tourna vers Tommy qui lui souriait de toutes ses dents.

— Regarde ce que j'ai colorié pour toi, Rosalie!

— Comme c'est joli!

Il lui montra ce qu'il avait fait pour son père et elle s'assit et glissa son bras autour de lui. Violette et Kevin en profitèrent pour s'éclipser.

Rosalie écouta les bavardages du petit garçon. Il l'avait acceptée maintenant et ils étaient amis. Admirant un de ses dessins, elle lui suggéra de l'apporter à l'école pour le montrer à sa maîtresse.

Tommy se tut, puis :

— J'aime plus l'école.

Elle lui ébouriffa les cheveux.

— Je n'aimais pas la maternelle, moi non plus. Un gros garçon n'arrêtait pas de me tourmenter.

— C'est vrai ?

— Oui. Il s'appelait Bernard. Il me harcelait parce que j'étais la plus petite de la classe, mais il était méchant avec tout le monde.

Tommy hocha vivement la tête.

— Il y a un garçon dans ma classe qui embête tout le monde aussi.

— Alors, j'ai demandé à mon père ce que je devais faire et il m'a dit de lui tenir tête.

— C'est ce que papa m'a dit ! s'écria l'enfant. Et je l'ai fait !

— Et que s'est-il passé ?

— Il a essayé de me frapper, mais la maîtresse l'a arrêté.

Elle sourit.

— Tu as été très courageux. Je parie que quand tu retourneras à l'école, il ne t'ennuiera plus.

Il lui jeta un regard satisfait.

— J'y retournerai pas.

— Pourquoi ? Tu changes d'école ?

— Mmm... Je vais aller ici, à Boston.

— A Boston ? répéta-t-elle sans comprendre.

A cet instant, le visage de la baby-sitter apparut dans l'encadrement de la porte.

— Bonjour, madame Bannon, dit Tommy. Regardez ce que j'ai dessiné.

— C'est très beau, Tommy. Je viens de voir ton papa et il veut que je te ramène à la maison. Oh, bonjour, Rosalie.

— Bonjour, madame Bannon.

La jeune femme les accompagna jusqu'à la sortie et se mit en quête de Justin.

Il était encore sur le plateau. Les techniciens avaient commencé à s'affairer autour de lui. L'émission allait commencer dans moins d'une heure et on veillait aux détails de dernière minute. Plusieurs personnes interpellèrent la jeune femme et elle s'arrêta pour répondre à leurs questions. L'entretien avec Justin pouvait attendre.

Elle était en train d'indiquer où disposer les bouquets de fleurs quand une exclamation se fit entendre.

— Justin, ne suis-je pas superbe?

Gilda venait de pénétrer sur le plateau. Passant devant Rosalie sans la voir, elle étreignit Justin avec enthousiasme.

Il se dégagea et, la tenant à bout de bras, il examina ses cheveux.

— Parfait! Maintenant on voit combien vos cheveux sont beaux au naturel. Et la couleur est très flatteuse! Rosalie, venez voir les cheveux de Gilda.

Rosalie s'avança tandis que Gilda contemplait Justin avec adoration.

— Oh, Justin, je suis si excitée! Quelque chose de merveilleux vient de commencer pour moi.

— Je l'espère. Nous avons beaucoup travaillé pour cela.

160

— Je vous dois des remerciements. Tout cela a été possible grâce à vous.

— Gilda...

— Si, si.

Entre les deux, Rosalie avait la désagréable impression d'être complètement invisible.

— Vous avez vu en moi quelque chose que j'ignorais, poursuivit Gilda en prenant les mains de Justin dans les siennes. Quelque chose que votre perspicacité a libéré.

Rosalie ressentit un pincement au cœur. Justin semblait embarrassé par l'hommage de Gilda, mais ravi de la voir de si bonne humeur.

— Je n'ai vu que votre potentiel, Gilda.

— Enfin, je vais être vraiment célèbre !

La célébrité, ultime aspiration de Gilda qui ne rêvait que d'être adulée du public... Rosalie doutait que ce genre de succès impressionne Justin, mais le pouvoir et l'argent comptaient pour lui.

Son cœur se serra douloureusement. Elle se sentait exclue de cet échange, comme une intruse.

— Rosalie, vous avez eu une bonne idée en faisant porter une perruque à Gilda la semaine dernière, remarqua Justin.

— Nous ne pouvions pas montrer sa nouvelle coiffure aux spectateurs avant le grand jour, n'est-ce pas ? Elle est un peu plus volumineuse que ce que nous avions décidé à l'origine.

Gilda effleura légèrement sa tête.

— Raphael et moi avons décidé qu'un certain gonflant était nécessaire.

Rosalie et Justin échangèrent un regard.

— Si tu veux changer le style que nous avons

choisi, d'accord, dit Rosalie, mais je te rappelle que nous avons payé des experts très cher pour créer ton nouveau *look*. Pourquoi altérer une excellente image ?

L'argument porta.

— Je peux lisser un peu mes cheveux, dit Gilda. Bobby est-il prêt à me maquiller ?

— Certainement. Nous passons à l'antenne dans quarante minutes.

— Oh, il faut que j'y aille !

Pressant une dernière fois la main de Justin, Gilda prit la direction de sa loge.

Dès qu'elle eut disparu, Rosalie remarqua :

— Si la nouvelle Gilda a du succès, elle ne nous écoutera plus.

— Nous avons contribué à la créer, elle ne l'oubliera pas, répondit-il d'un air confiant.

— Vous croyez que le monstre a remercié le Dr Frankenstein de l'image qu'il lui avait donnée ?

— Je ne vois pas le rapport.

— Vous ne tarderez pas à le voir. Mais il est temps de nous occuper de l'émission.

Les spectateurs tout excités commencèrent à envahir les gradins à une heure moins dix. Repérant Rosalie avec son bloc-notes, un jeune homme l'interpella :

— C'est vous la nouvelle Gilda ?

Rosalie secoua la tête.

— Oh, dommage...

Il y eut des rires dans le public, et Kevin adressa à Rosalie un nouveau clin d'œil. La jeune femme regarda sa sœur pour voir si elle s'en était rendu compte, mais le regard affectueux de Violette était fixé sur elle.

162

Peggy Lanihan lui tapota l'épaule.

— Nous sommes prêts dans les coulisses. Tous les invités sont là et les pièces de la nouvelle Gilda sont toutes en place.

Rosalie sourit.

— Je vais aller voir le produit fini. Elle peut avoir besoin d'un dernier réglage.

— Pourquoi ? Justin est auprès d'elle.

La remarque ne fit rien pour arranger l'humeur de Rosalie. Dans la loge, elle trouva Gilda avec Justin et Bobby Fallon, un artiste du maquillage occupé aux retouches de dernière minute. Il tapota délicatement le nez de Gilda avec une éponge et termina par un nuage de poudre translucide.

Gilda se contempla dans le miroir.

— Ai-je l'air suffisamment distingué sans ressembler à une croqueuse de maris ?

Les deux hommes rirent.

— Vous êtes une menace pour toutes les femmes de plus de quarante ans, dit Bobby.

Gilda pâlit légèrement. De toute évidence, elle voulait toujours jouer les vamps et l'image que lui renvoyait le miroir était bien trop sage à son goût.

Elle haussa les épaules.

— Tant pis pour le *glamour* ! Ma nouvelle image va m'apporter richesse et célébrité !

— Ne pensez qu'à cela pendant la prochaine heure, dit Justin pour l'encourager. Peggy viendra vous chercher quand vous serez prête. Bonne chance !

— Tu es très bien, Gilda, dit Rosalie.

— Mmm…, commenta Gilda en mordillant un de ses ongles impeccablement vernis. Oh, ces faux ongles sont impossibles à ronger !

— La rançon du succès...

Rosalie devait pourtant reconnaître que, physiquement, le changement de Gilda était nettement positif. Disparus les reflets platine, les minijupes et les talons aiguilles. Sa nouvelle couleur de cheveux flattait son teint et sa coupe était en parfaite harmonie avec la forme de son visage. Les injections de collagène avaient effacé ses rides.

Quant à son maquillage, il n'avait plus l'air d'avoir été appliqué à la spatule. Subtil et discret, il mettait remarquablement en valeur la délicatesse de ses traits. Deux semaines d'alimentation régulière avaient arrondi ses joues creuses et embelli sa silhouette.

Elle portait une élégante robe en soie vert sapin. Elle avait d'abord fait la grimace devant sa simplicité, mais s'était inclinée pour se conformer à sa nouvelle image.

Le résultat était saisissant. Gilda semblait vraiment différente. Le public serait-il aussi impressionné?

Il le fut, en partie grâce à l'astucieuse réalisation de Justin. Quand l'émission débuta, Gilda n'apparut pas immédiatement. On diffusa d'abord un film vidéo intitulé *Histoire de Gilda Simone*.

Monté par Justin, il était fait de séquences sur les événements les plus marquants de la vie de Gilda et se terminait par un extrait de *Vous informer* mettant en valeur ses talents de présentatrice. Le film ne manquait pas d'évoquer sa brève carrière de starlette à Hollywood illustrée par d'amusantes photos de l'époque.

Gilda y était dépeinte comme une fille sympathique, une personne somme toute ordinaire dont la vie connaissait les mêmes hauts et bas que celle de Mme Tout-le-Monde.

Le film eut l'effet escompté, conditionnant le public pour l'accueillir avec sympathie quand elle apparaîtrait enfin.

Et quelle apparition ce fut! Après un bref mot d'introduction du commentateur, la musique du générique de l'émission se fit entendre et Gilda fit son entrée sur le plateau.

Il y eut des murmures dans l'assistance, suivis d'un tonnerre d'applaudissements. Un sourire éblouissant aux lèvres, Gilda tourna sur elle-même pour se faire admirer, puis elle s'assit sur le canapé.

Le reste de l'émission fut consacré à la description détaillée de la métamorphose de Gilda.

Comme le voulait Justin, elle admit que la maturité commençait à la rattraper, ce qui ne signifiait pas qu'elle devait pour autant ressembler à Mathusalem.

Elle décrivit sa quête d'un nouveau *look* et confia que, oui, la chaîne avait payé tous les experts qui lui avaient prodigué leurs conseils. Mais qui d'autre avait les moyens de le faire?

En utilisant les films que Justin avait fait faire de ses visites chez le chirurgien esthétique et de son dur mais héroïque week-end de remise en forme dans un centre de thalassothérapie, elle parla longuement de son besoin de se sentir mieux dans sa peau. Elle présenta ses experts en esthétique, qui discutèrent maquillage, mode, chirurgie plastique.

Pendant toute l'émission, Gilda garda un contact

chaleureux et complice avec les femmes du public, allant jusqu'à se mêler à elles pour leur faire poser leurs questions aux experts.

Ce fut une représentation magistrale. Et quand, en fin d'émission, le public se leva pour ovationner Gilda, Rosalie sut que Justin avait gagné.

Evidemment, cela devait être confirmé par l'indice d'écoute, mais à en juger par la réaction des spectateurs sur le plateau, l'audimat avait dû exploser.

La jeune femme regarda les gens s'empresser autour de Gilda pour la féliciter. Bientôt, Justin vint la rejoindre, un grand sourire satisfait aux lèvres.

— On dirait que Gilda vient de passer à la postérité, dit-elle.

Il ne sentit pas l'ironie de ces paroles.

— Ça s'est bien passé, n'est-ce pas? Je me demande quand ses admirateurs vont la lâcher.

— Moi aussi. Nous devons penser à l'émission de demain.

Il lui jeta un bref coup d'œil.

— Ne lui donnez pas de travail de documentation avant demain. La journée d'aujourd'hui a été assez éprouvante pour elle.

— Pour vous citer, Justin, il ne s'agit que d'une émission. La vie continue. Il faut préparer le débat de demain.

— Eh bien, Gilda devra mettre les bouchées doubles. Elle a organisé une petite réception à la Maison française ce soir.

— Je l'ignorais. Etes-vous invité à ce dîner?

— Nous le sommes tous les deux.

— Je ne me rappelle pas avoir reçu une invitation.

Il la considéra avec sympathie.

— Nous sommes *tous les deux* invités. Comment pourrais-je célébrer cela sans vous ?

Rosalie vit ses soupçons se confirmer. Elle n'était pas invitée. Gilda ne voulait pas d'elle. La nouvelle Gilda créée par Justin montrait son vrai visage.

Rosalie fixa la foule excitée qui entourait la présentatrice. « J'ai aidé à la créer, moi aussi. J'aurais dû deviner que remodeler son image entraînerait des changements plus profonds. »

Il fallait compter avec la nouvelle Gilda, même si elle n'était qu'un leurre. Rosalie prit conscience avec un choc que si elle faisait grimper l'indice d'écoute, la « meilleure amie » factice des téléspectatrices ne manquerait pas d'acquérir du pouvoir dans l'émission. *Vous informer* ne serait plus un débat sur des thèmes d'actualité, mais servirait de faire-valoir à Gilda-la-star.

— Venez, dit Justin. Allons faire la fête.

« Pour fêter quoi ? » se demanda Rosalie en sentant sa main étreindre son épaule. Qu'est-ce que tout cela signifiait pour l'avenir ? Allait-elle voir son influence sapée au point d'avoir besoin de Justin pour se faire inviter à dîner ou simplement imposer ses idées à Gilda ?

Elle regarda le beau visage épanoui de Justin. Il croyait en ses qualités de réalisatrice. Mais comment réagirait-on en voyant le directeur de production protéger la réalisatrice, surtout si on apprenait qu'ils étaient amants ?

Jamais on ne penserait qu'il agissait ainsi à cause de ses capacités professionnelles...

— Je ne sais pas si j'en ai envie, répondit-elle. Allez-y sans moi.

Il eut un sourire hésitant.

— En fait, je voulais fêter autre chose que l'émission. Tommy va vivre avec moi pendant quelque temps.

— Oh! La situation est-elle si grave à son école?

— Non, il ne s'agit pas de cela. Je voulais vous en parler plus tôt, mais je n'ai pas eu le temps. Il se trouve qu'Elaine, mon ex-femme, s'est vu offrir une bourse de recherche inespérée, mais elle doit partir quatre mois à l'étranger pour en bénéficier. Elle ne voulait pas perturber Tommy en l'emmenant et envisageait de refuser. Alors je lui ai proposé de prendre Tommy pendant son absence et je crois que cette solution satisfait tout le monde. Tommy et moi avons pratiquement retrouvé nos anciennes relations. Il était simplement furieux que je sois parti à Boston. Je lui ai trouvé une bonne école ici. Mme Bannon s'occupera de lui quand je travaillerai.

Rosalie le contempla. Il semblait plus heureux qu'elle ne l'avait jamais vu. Tout allait bien pour lui, avec elle d'abord, avec Gilda, et maintenant avec Tommy.

— Oh, Justin, je suis contente pour vous! Bien qu'un peu dépassée par tous ces changements.

— Moi aussi, je l'avoue. Tommy est ravi de cet arrangement car il sait que sa mère ne sera pas partie longtemps. Mais j'aimerais qu'Elaine vienne s'installer ici. Elle y aurait des possibilités intéressantes sur le plan professionnel et nous pourrions avoir la garde conjointe de Tommy.

— Ce serait merveilleux, commenta Rosalie.

Elle ne trouvait rien d'autre à dire, tant les événements se précipitaient, la surprenaient.

— Je savais que vous réagiriez ainsi. Nous allons bien nous amuser, tous les trois ! Tommy vous aime beaucoup.

— Moi aussi, je l'aime bien.

— Bien entendu, Violette peut se joindre à nous si elle le désire. Cela la changera de ses soirées avec Kevin.

— Je crains qu'elle refuse. Elle est amoureuse de l'amour, que voulez-vous…

« Tout comme moi », songea-t-elle.

9.

On était à deux semaines de Noël et le grand magasin grouillait d'acheteurs en train de faire leurs courses, mais Tommy refusa de partir tant qu'il n'aurait pas les chaussures bleues dont il rêvait. Tous les garçons de sa nouvelle école en avaient, pourquoi son père ne lui en achetait-il pas?

— On dirait qu'il marche pieds nus, commenta Justin à l'adresse de Rosalie tandis qu'ils se frayaient un chemin parmi la foule.

Elle sourit. Leur prochaine étape serait le rayon des chaussures d'enfant, bien sûr. Soudain, une femme avec un grand sac la bouscula brutalement. Perdant l'équilibre, elle tomba lourdement à terre.

— Regardez où vous allez, bon sang! s'écria la femme.

Le manteau de Rosalie amortit sa chute, mais elle se sentit affreusement embarrassée. Quelques ricanements peu charitables se firent entendre.

— Heureusement qu'on est en période de paix et de fraternité... grommela-t-elle.

Eclatant de rire, Justin posa ses paquets et l'aida à se relever.

— Tu t'es fait mal ? demanda Tommy.

Son inquiétude amena un sourire attendri sur le visage d'une vendeuse.

— Quel gentil petit garçon vous avez, dit-elle.

Surprise, Rosalie balbutia un vague remerciement. Elle regarda Tommy, mais il était déjà absorbé par autre chose. Justin lui adressa un clin d'œil.

Visiblement, il était ravi des bonnes relations qu'elle entretenait avec Tommy. L'enfant vivait avec Justin depuis près d'un mois maintenant, et ils s'entendaient de mieux en mieux.

Etait-il égoïste de craindre que ses propres relations avec Justin ne se perdent dans le quotidien de leur petit trio ? Les moments privilégiés où elle avait Justin pour elle toute seule n'en étaient pas moins passionnés, au contraire. Mais elle avait le sentiment qu'il les volait à ses nouvelles responsabilités. Cependant, comme un enfant, leur relation avait besoin d'être nourrie, entretenue.

— Quelle est la prochaine étape après les chaussures bleues ? demanda-t-elle.

— Le Père Noël. Il faut le trouver pour lui passer notre commande de cadeaux.

— Il y a d'autres achats à faire ?

— Comment, des achats ? C'est le Père Noël qui les fait, pas nous.

— Et leur montant apparaît comme par magie sur nos relevés bancaires... Que vas-tu demander au Père Noël, chéri ? demanda-t-elle en prenant la main de Tommy.

Patiemment, il dressa la liste de sa commande tandis qu'ils poursuivaient leur chemin vers le rayon des chaussures d'enfant. Profitant de ce que la vendeuse mesurait le pied de Tommy, Justin demanda à Rosalie ce qu'elle désirait pour Noël. Elle parla d'un nouvel agenda, mais il refusa catégoriquement de lui offrir quelque chose d'aussi pratique. Une nouvelle robe ou une chemise de nuit en dentelle, en revanche...

— Et vous, que comptez-vous commander au Père Noël? demanda-t-elle.

Les yeux de Justin pétillèrent malicieusement.

— Pour le 25 décembre, j'hésite encore, mais je sais ce que je veux pour ce soir...

Rosalie n'avait pas prévu de quitter la maison de Justin par cette froide nuit de décembre. Pourtant, elle s'apprêtait à le faire.

— Voyons, restez passer la nuit ici, supplia Justin. Il est tombé au moins cinq centimètres de neige depuis le dîner. Je n'aimerais pas vous savoir au volant par ce temps.

— Cela ne me ravit pas non plus, mais nous en avons déjà parlé...

Avec un soupir, il noua son écharpe autour du cou de la jeune femme.

— Je comprends que vous ne vouliez pas laisser Violette seule toute une nuit, mais je suis sûr qu'elle n'aimerait pas vous voir conduire par un temps pareil. Allons, restez. Tommy est habitué à vous voir à la maison. Il ne s'étonnera pas de vous trouver ici demain matin.

Rosalie enfonça son chapeau sur sa tête.

— Je pense que Tommy a besoin de plus de temps pour s'habituer à moi que vous ne le pensez, mais il ne s'agit pas seulement de lui. Je veux rentrer pour Violette.

Il la considéra, les mains sur les hanches. Son peignoir soulignait ses larges épaules et sa taille étroite. Rien n'aurait plu davantage à Rosalie que de se débarrasser des vêtements qui l'encombraient pour se blottir entre les draps tièdes de son lit. Son refus était un mystère même pour elle. Violette se doutait de ses relations avec Justin. Quant au petit Tommy, il l'aimait bien maintenant et elle avait beaucoup d'affection pour lui.

Mais elle n'était pas sûre qu'il fût tout à fait à l'aise avec elle. Il était possessif vis-à-vis de son père et la présence de Rosalie ne le gênait pas tant que Justin était là. Mais il boudait toujours quand ils le confiaient à la baby-sitter, aussi évitaient-ils de le faire trop souvent.

— Rosalie, il y a un mois que nous sommes amants. Violette doit être au courant.

— Elle s'en doute.

Il eut un petit sourire hésitant.

— Je crois que je me moquerais que le monde entier le sache.

La main de Rosalie se crispa sur la poignée de la porte.

— Ne dites pas ça, je vous en prie. Cela me rend nerveuse.

— Ça finira bien par se savoir, Rosalie.

— C'est trop tôt. Nous n'avons pas besoin de ce genre de pression en ce moment. Ou plutôt, *je* n'en ai pas besoin. Ce serait invivable au studio. Même si on me faisait bonne figure, on bavarderait derrière mon dos. On n'oserait plus me parler de peur que je n'aille tout vous répéter. Et Gilda, croyez-vous qu'elle serait emballée d'apprendre notre liaison ?

— Elle se moque de savoir qui partage mon lit du moment que je peux la rendre célèbre dans tout le pays.

Justin était très confiant ces derniers temps. Il y avait de quoi, car tout lui réussissait, et ses problèmes semblaient se résoudre d'eux-mêmes. Mais Rosalie était loin de partager sa belle assurance.

— Vous vous trompez sur elle, Justin. Elle est possessive, autoritaire. Et à supposer que l'émission soit diffusée sur une chaîne nationale, y aura-t-il une place pour moi ?

— J'y veillerai.

— Nous y voilà ! Je ne veux pas qu'on pense que je dois ma carrière à votre protection. Je veux la contrôler moi-même.

— Vous travaillez pour cette chaîne depuis plus longtemps que moi. Les gens vous font confiance. Ils ne vous abandonneront pas du jour au lendemain.

Justin se sentait toujours mal à l'aise pendant ce genre de conversation. Rosalie était terrifiée à l'idée qu'on puisse découvrir leur relation et rien de ce qu'il pouvait dire n'arrivait à la rassurer. Elle tenait par-dessus tout à préserver sa réputation professionnelle. *Vous informer* n'était pas seulement son travail, c'était son identité.

174

— Je ne peux vous parler si je ne vois pas votre visage, dit-il en lui enlevant son chapeau et son écharpe. Vous allez étouffer, emmitouflée comme ça.

Il déboutonna son manteau et le lui ôta.

— Mmm…, murmura-t-elle, devinant sans peine où il voulait en venir, trois fois en une seule nuit…

Il posa ses affaires sur une chaise.

— Nous ne sommes qu'au début de la nuit, ma chère.

Il l'entoura de ses bras ct elle posa la joue contre sa poitrine tiède avec un soupir.

— Pourquoi nos moments d'intimité se situent-ils toujours entre 1 heure et 3 heures du matin ?

Il eut un petit rire.

— C'est là que je suis au mieux de ma forme.

— Comme Dracula.

Il s'esclaffa.

— Doucement, protesta-t-elle. Quand vous riez, c'est comme si j'avais la tête posée sur un gong.

Il la serra contre lui sans cesser de rire.

— Que voulez-vous dirrre ? demanda-t-il, roulant les r, imitant l'accent transylvanien de Dracula.

— Lâchez-moi, vile créature de la nuit ! s'écria-t-elle, faussement effrayée.

— Un petit verrre de sang, mon doux cœurrr ?

— N'essayez pas de me soudoyer, comte Dracula. Je sais que vous voulez mon corps, mais jamais vous n'aurez mon cœur !

Il s'inclina et déposa un baiser au creux de son cou.

— Un sur les deux, ce n'est pas si mal.

Ils éclatèrent de rire. Sans la lâcher, Justin l'entraîna vers le canapé du salon et s'y laissa tomber.

— Je vous désirrre... Prréparrez-vous à être trrransporrrtée dans un autrrre monde.

Il chercha sa bouche et l'embrassa.

Rosalie adorait son côté facétieux. Au studio, leurs rapports étaient uniquement professionnels, même s'il avait de plus en plus de mal à cacher ses sentiments pour elle. Dans l'intimité, avec Tommy ou Violette, il était doux, attentionné, responsable. Mais il ne se montrait plus que rarement sous ce jour drôle et malicieux qui l'avait tant séduite.

Elle lui rendit son baiser. Elle le désirait déjà. Mais elle voulait avant tout lui parler. Elle s'écarta.

— Que se passe-t-il?

— Rien, je...

— Vous ne voulez pas?

— Ce n'est pas ça, mais...

Il la regarda se redresser d'un air perplexe.

— Eh bien, j'ai l'impression que faire l'amour passe toujours en dernier pour nous, quand tout le reste est réglé. Et si je ne voulais pas faire l'amour au milieu de la nuit? Quand le ferions-nous?

— Mais quand vous voulez. Passez la nuit ici et nous ferons l'amour demain matin.

— Il faudrait que ce soit aux premières lueurs

176

de l'aube car Tommy se lève tôt, dit-elle triste-ment.

Son ton le surprit.

— Vous semblez pourtant heureuse avec nous.

— Je le suis.

Il glissa un bras autour de ses épaules.

— Je me rends compte que je consacre beau-coup de temps à Tommy, mais ne m'avez-vous pas dit que je devais particulièrement l'entourer pour qu'il s'habitue à vivre ici?

— Et je le pensais. Il a besoin d'avoir son papa pour lui tout seul.

Il sourit et l'attira contre lui.

— Chérie, Tommy vous adore. Je le sais.

— Il m'aime bien, mais il est aussi un peu jaloux de moi.

Il la regarda fixement.

— Jaloux? C'est ridicule. Ne venons-nous pas de passer une merveilleuse journée?

— Oui, mais nous étions tous les trois.

— Exactement!

— Je veux dire que vous étiez là. C'est pour cela que Tommy était heureux.

Elle sentit sa main se crisper sur son bras.

— J'ai failli le perdre, Rosalie, et je n'ai que quelques mois pour le retrouver.

— Je sais, chéri, mais il faut aussi consacrer du temps à une relation entre adultes.

Il s'écarta.

— Ah, vous parlez de nous.

— Je parle de nous trois. Pour améliorer vos rapports avec Tommy, vous devez vous retrouver un peu seuls, tous les deux. Notre relation est encore récente, mais nous aussi avons besoin d'être un peu seuls.

— Ne le sommes-nous pas maintenant?

— Pour parler, précisa-t-elle sèchement, nous asseoir devant la cheminée avec un verre et apprendre à nous connaître. Je tiens plus à vous qu'à tous les hommes que j'ai connus. Vous avez bouleversé ma vie. Mais nous avons encore beaucoup à apprendre l'un sur l'autre et c'est difficile dans les sorties en groupe où je joue la maman avec sa nichée.

— C'est un très joli rôle et j'en apprends davantage sur vous à chaque fois.

Rosalie renonça à s'expliquer davantage. Elle était trop fatiguée pour poursuivre cette discussion. Il était si heureux en sa compagnie et celle de Tommy, comment lui expliquer que les adultes avaient besoin d'intimité?

Il fallait du temps pour construire une relation solide. Justin voulait tout, maintenant. Son optimisme balayait toutes les incertitudes. Qu'il s'agisse d'une présentatrice docile, d'une maîtresse satisfaite ou d'un enfant heureux, il voyait ce qu'il voulait voir. Il était aussi impétueux qu'elle était prudente.

— Je dois partir, dit-elle en se levant.

— Alors, c'est non?

Elle se pencha vers lui et l'embrassa sur la bouche.

— J'ai la migraine, mon cœur.

Il émit un petit rire.

— Vous êtes toutes les mêmes, vous, les femmes.

Elle enfila son manteau.

— Oui. Pour nous, faire l'amour n'est pas seulement une question d'opportunité. Il nous faut le bon moment, la bonne ambiance.

— Et le bon partenaire, dit-il en se levant. Il compte quand même, non?

— Bien sûr, dit-elle en souriant.

Il l'accompagna jusqu'à la porte.

— Je crois que j'ai compris. Je vais voir ce que je peux faire pour le week-end prochain. Oh, attendez, j'ai promis à Tommy de l'emmener à un match de foot. J'ai réservé trois places.

— N'en prenez que deux, Justin. Vous avez besoin de tête-à-tête avec Tommy. Et peut-être pourrons-nous nous retrouver seuls, tous les deux?

Il hocha la tête.

— Je trouverai un moyen, c'est promis. Ne vous inquiétez pas.

Il noua son écharpe autour de son cou et l'attira à lui. A sa profonde surprise, Rosalie décela une lueur d'incertitude dans ses yeux.

— Dites-moi, murmura-t-il, sommes-nous fous l'un de l'autre?

— Oui.

— Alors tout ira bien.

— A lundi, au studio, dit-elle.

— Demain, Tommy et moi dévalisons le rayon de vêtements pour enfants des grands magasins.

Ouvrant la porte, elle le regarda avec surprise.

— Vous avez déjà acheté des tonnes de choses aujourd'hui.

Il remonta le col de son manteau pour la protéger de la morsure du froid.

— Oui, mais ce n'étaient que des articles de première nécessité, comme des jouets. Demain, nous passons à l'accessoire.

Elle éclata de rire.

— N'oubliez pas de prendre du coton, c'est plus sain, et... Mais c'est à vous de voir. Vous autres, directeurs, êtes payés pour prendre les graves décisions, après tout!

Il rit.

— A lundi.

Le lundi débuta merveilleusement bien pour Rosalie. Violette lui annonça que Kevin et sa famille allaient skier dans le Vermont le week-end suivant et qu'elle ne pourrait pas le voir.

Rosalie bénit silencieusement le rude climat de la Nouvelle-Angleterre. Depuis l'épisode du studio, elle était plus que jamais opposée à cette idylle bien qu'impuissante à y mettre un terme, et tout ce qui pouvait séparer les deux tourtereaux était pour elle bienvenu. Violette l'informa qu'elle passerait la nuit du vendredi chez une amie.

C'était l'occasion que Rosalie attendait pour passer la nuit chez Justin. Peut-être arriveraient-ils à coucher Tommy un peu plus tôt ce soir-là?

En arrivant au studio, elle trouva un magnifique bouquet de roses sur son bureau.

— Superbes, commenta Peggy. Ne viendraient-elles pas du sénateur qui a participé au débat sur la peine capitale la semaine dernière, par hasard? Il n'avait d'yeux que pour toi.

— Non, répondit Rosalie en lisant la carte de l'expéditeur.

Le message était bref, mais explicite : « Je vous désirrre… »

Dissimulant un sourire, elle la glissa dans son sac.

— De Justin ou Larry, alors ? Notre indice d'écoute a fait un bond formidable, ils pourraient te montrer leur reconnaissance.

— Non, il ne s'agit pas d'un remerciement de la direction.

— Ah bon, commenta Peggy, déçue. Nous méritons pourtant d'être félicitées. D'ailleurs, Justin semble très content de nous ces derniers temps.

— Il attend peut-être la prime de Noël pour nous montrer sa gratitude de façon plus substantielle.

— Je l'espère…

A cet instant, le téléphone sonna et Peggy décrocha.

— C'est Justin, chuchota-t-elle. Pour toi, Rosalie. Ligne 4. Profites-en pour faire allusion à Noël. Si quelqu'un peut l'amener à faire quelque chose, c'est bien toi. Il t'aime beaucoup, ça se voit.

Rosalie rougit malgré elle.

— Tu surestimes mon charme, mais je vais essayer, répondit-elle sur le même ton en prenant l'appareil. Allô, oui ?

— Vous avez passé un bon dimanche ?

— Oui.

— Je vous ai manqué ?

— Oui.

— Vous aussi, vous m'avez manqué. Dans les

magasins, à la cuisine, à table, vous m'avez manqué toute la journée.

— J'ai vu ça ce matin.

— Oh, vous avez trouvé mes fleurs?

— Oui, mais vous n'auriez pas dû.

— Pourquoi?

— Savez-vous que nous approchons des fêtes de Noël?

Elle adressa un clin d'œil à Peggy qui pouffa.

— Vous ne pouvez pas parler? demanda Justin.

— Exactement. C'est une époque de joie et de générosité. J'envisageais même de faire une émission sur les cadeaux de Noël originaux.

Peggy adressa à Rosalie un signe de connivence et se mit à danser autour de la bibliothèque.

— Nous pourrions peut-être en discuter dans mon bureau, dit Justin.

— Nous ne l'avons fait que trop. Une approche différente est nécessaire.

Il demeura silencieux un moment, puis :

— Que diriez-vous de la loge du premier? Elle est vide pour encore deux bonnes heures. Je vous y retrouve dans un quart d'heure.

— Parfait. Mais pensez à mon idée de Noël. La plupart des gens ne savent pas quoi offrir.

— Un quart d'heure, répéta-t-il, et il raccrocha.

Rosalie reposa l'appareil.

— Je crois qu'il a saisi l'allusion.

— Tu as été formidable! Bon, ce n'est pas tout, mais je dois aller vérifier le générique de l'émission d'aujourd'hui.

182

— Tu veux que je le fasse, pour une fois? Tu n'auras qu'à t'occuper de la musique.

— Entendu. Merci!

La vérification du générique était une corvée, mais c'était pour Rosalie un excellent prétexte pour se trouver au premier étage.

Dans l'escalier, elle pensa de nouveau à ses relations avec Justin. Si on apprenait leur liaison, sa réputation professionnelle en serait affectée, et tous ses succès ne manqueraient pas d'être imputés à l'intervention de Justin. C'était injuste!

Evidemment, personne ne l'avait obligée à avoir une aventure avec lui... Mais n'était-ce qu'une aventure? Il parlait comme si elle faisait partie intégrante de sa vie, et au fond d'elle-même, elle partageait cette impression. Mais ils n'avaient jamais parlé de légaliser leur relation. Heureusement, du reste, car une telle allusion l'aurait terrifiée...

Tout allait si vite. Justin, Tommy, Violette, l'émission... Son petit monde bien ordonné changeait si vite que le contrôle lui échappait. Elle avait l'impression d'avoir perdu le contact avec Violette et leurs tête-à-tête étaient de plus en plus rares. A ses questions sur Kevin, Violette répondait immanquablement que tout était *cool*. L'émission n'était plus vraiment la sienne, et elle avait de plus en plus de problèmes avec la « nouvelle Gilda », le monstre qu'elle avait aidé à créer.

— Rosalie?

Absorbée par ses pensées, elle ne comprit pas immédiatement qu'on s'adressait à elle.

— Madame Ferris?

Elle leva les yeux.

— Oui, Justin? demanda-t-elle d'un ton distant qui le fit ciller.

— Je peux vous parler un instant?

— J'allais vérifier le générique dans la salle des ordinateurs.

— Vous êtes dans la salle des ordinateurs.

— Oh... c'est exact.

— Randy n'est pas là. Vous avez bien quelques minutes avant son retour.

— Très bien, si vous insistez.

Ils marchèrent jusqu'à la loge en silence. Justin alluma la lumière et verrouilla la porte derrière eux.

— Si j'insiste? demanda-t-il d'un air perplexe. L'envoi de ces roses vous aurait-il offensée pour une raison que j'ignore?

— Bien sûr que non.

Elle regarda autour d'elle. La loge était une petite pièce où avaient lieu les retouches de maquillage de dernière minute avant de passer devant les caméras. Personne ne se maquillant autant que Gilda, l'endroit reflétait surtout sa personnalité. Un mur était couvert de photos d'elle en compagnie de célébrités qui avaient participé à l'émission, et ses produits de beauté recouvraient toute la coiffeuse.

En général, elle commençait à se maquiller une heure avant l'émission. Elle n'investirait donc les lieux que dans trois heures.

— Pourquoi ne les aurais-je pas envoyées? dit Justin. Je n'ai pas signé la carte.

Elle reporta son attention sur lui.

— La discrétion est nécessaire, dit-elle en posant les mains sur le revers de son veston. Je n'ai pas l'habitude de recevoir des fleurs.

Il lui effleura la joue.

— Eh bien, c'est un crime. Mais personne n'a soupçonné qu'elles venaient de moi, n'est-ce pas ?

— Peggy pense que c'est un sénateur qui me les a envoyées.

— Un sénateur vous fait la cour ?

— Mmm... Serions-nous jaloux, par hasard ?

— Vous ne faites pas allusion à ce petit coq grotesque qui a participé à l'émission sur la peine capitale, j'espère ?

Elle lui caressa doucement la poitrine.

— J'adore quand vous êtes troublé comme ça.

— C'est vous qui me troublez, mais je fais de mon mieux pour ne pas le montrer.

Il chercha sa bouche et elle se déroba pour mieux lui offrir ses lèvres l'instant d'après.

— Vous me rendez fooooolle...

— Qu'est-ce que vous dites ?

Rosalie battit des paupières, surprise.

— Je n'ai rien dit.

— Oh, Stan, je ne peux plus attendre...

Soudain, la porte trembla comme si on l'avait poussée. Rosalie et Justin se figèrent.

— Du calme, poupée, on ne peut pas faire ça dans le couloir. Que penseraient les voisins ?

C'était Gilda avec un homme ! Rosalie et Justin se séparèrent instantanément.

— Vous n'avez rien entendu, Stanley ? demanda Gilda.

— Seulement les battements de mon cœur.

Ils reconnurent la voix de Stanley Porter, le preneur de son. Stanley ne brillait pas par son intelligence, mais il était bâti comme Sylvester Stallone.

Gilda gloussa.

— Je vous ai repéré depuis longtemps. J'attendais seulement une opportunité...

— Ce flash spécial était l'occasion rêvée. On n'aura pas besoin de moi avant un bon quart d'heure. Ça devrait suffire.

Rosalie et Justin échangèrent un regard perplexe. Quel flash spécial? Et comment le découvrir alors qu'ils étaient piégés dans cette loge?

Pas pour longtemps, songea sombrement Rosalie. Jamais Gilda ne croirait que Justin et elle s'étaient enfermés dans cette pièce pour discuter travail...

On secoua vigoureusement la poignée de la porte.

— Que se passe-t-il, ma poupée? dit Stanley.

— La porte est verrouillée.

— Vous avez une clé, non?

Rosalie et Justin retinrent leur respiration tandis que les secondes s'égrenaient.

— Oh, zut! grommela Gilda. Où est passée cette fichue clé?

— Gilda, je commence à m'impatienter.

— Gardez encore votre pantalon! lança-t-elle avec exaspération. J'ai dû oublier de la prendre. J'étais tellement pressée de venir ici!

Rosalie regarda Justin et croisa les doigts.

— Non, je ne l'ai pas... Venez, allons chercher un passe-partout.

186

— Comme vous voudrez. J'espère seulement qu'il nous restera assez de temps quand nous l'aurons trouvé...

— Communiquez-moi votre emploi du temps. Je ne me laisse plus manipuler désormais, c'est moi qui mène la danse.

En les entendant s'éloigner, Rosalie se laissa tomber sur le divan avec un profond soupir de soulagement.

— Ne vous installez pas, chuchota Justin. Elle va revenir.

— Oui, mais nous ne serons plus là.

Justin ouvrit prudemment la porte et jeta un coup d'œil dans le couloir.

— La voie est libre.

Ils quittèrent la loge d'un air aussi naturel que possible.

— Je dois vérifier le générique maintenant, annonça-t-elle.

Il rajusta sa cravate.

— Très bien.

En consultant l'ordinateur, elle eut le temps de réfléchir. Justin devenait trop imprudent. Elle serait morte de honte si Gilda les avait surpris. Justin ne voyait pas les risques. Il ne comprenait pas qu'elle avait besoin de temps. Il fallait de l'intimité pour laisser mûrir leurs sentiments. Rosalie voulait être sûre d'elle avant que le monde entier apprenne sa liaison avec Justin.

Evidemment, on ne pouvait jamais avoir de garanties dans ce domaine, et la vie était faite de risques. Mais aller trop vite lui faisait peur. Elle n'arrivait pas à balayer ses inquiétudes pour son avenir professionnel aussi facilement que Justin semblait le faire.

Elle se dirigea vers le bureau de Justin. Il était seul. Elle ferma la porte derrière elle.

— Justin, il faut que nous parlions.

— Oui? dit-il en se levant. A propos de l'émission?

— Non, à propos de ce qui vient de se passer.

— Pourquoi? Ne ferions-nous pas mieux d'en parler à la maison?

— Nous ne sommes jamais seuls et quand c'est le cas, je suis... distraite.

Il promena les doigts sur les boutons de son chemisier.

— A qui la faute?

Rosalie contempla sa main. Elle connaissait le pouvoir de ses mains sur elle. Mais elle savait aussi qu'il était temps de lui parler de ses angoisses, avant qu'il ne soit trop tard.

— Justin, il faut que cela cesse.

10.

Justin se redressa.

— Qu'est-ce qui doit cesser?

— Ce jeu de cache-cache. Nous avons failli être surpris il y a quelques minutes.

— Ça ne me plaît pas non plus, mais c'est ce que *vous* voulez. Je ne dis pas que nous devons dévoiler nos sentiments à tout le monde, mais si on les devine, je suis tout prêt à l'accepter.

— Pas moi! répondit-elle avec une telle violence que Justin la regarda fixement. Vous sautez à pieds joints là où d'autres craignent de s'aventurer. Vous pensez que c'est votre force, mais agir impulsivement peut être dangereux, dans votre vie personnelle comme dans votre travail.

— Dangereux?

— Oui, il serait dangereux de révéler notre liaison à ce stade.

Il croisa les bras.

— Et pourquoi?

— Car certaines choses sont loin d'être réglées. Mes rapports avec Tommy, par exemple.

Justin se détendit. Il lui prit la main.

— C'est ce qui vous inquiète? Tommy vous adore, voyons.

— Il m'aime bien mais il ne m'adore pas encore, répliqua-t-elle en dégageant sa main.

Il haussa les épaules.

— Vous vous entendez à merveille, tous les deux.

— Il est jaloux du temps que je passe avec vous.

— Ce n'est qu'un enfant.

— Il sait qu'il peut vous faire confiance, mais il n'en est pas vraiment sûr en ce qui me concerne.

— Je ne vois pas les choses ainsi.

— Je sais. C'est là le problème.

— Oh, ainsi, c'est moi, le problème?

Le regard glacial, il la toisa, appuyé à son bureau. Un sombre pressentiment s'empara d'elle.

— Je n'ai pas dit ça.

— Est-ce mal de voir le bon côté des choses? demanda-t-il froidement. Vous voyez des traquenards là où je vois des possibilités. Un excès de prudence peut gâcher l'instant présent.

— Je ne vous parle pas d'un instant. J'espère voir durer nos relations beaucoup plus longtemps qu'un instant... Vous trouvez cela pessimiste? Mais notre liaison a besoin de temps pour s'épanouir, et si tout le monde est au courant, il y aura au bureau une tension qui ne pourra que nuire à ce qui existe entre nous.

— Comment pourrait-il en être ainsi? Vous voyez des problèmes partout, Rosalie.

— Je vois la réalité, au contraire, répliqua-t-elle, piquée au vif.

— Oh? Et moi, je nage en plein fantasme?

— Si vous croyez que nous formons une grande famille heureuse, je dirais que oui.

Les yeux de Justin se firent de glace.

— Cette histoire de famille n'est qu'un prétexte. En réalité, vous craignez que la révélation de notre liaison vous affecte professionnellement.

— De nous deux, avouez que je suis la seule qui doive s'en inquiéter. Vous savez ce qu'on dit sur les femmes qui ont leur patron pour amant.

— Il ne s'agit pas d'une petite aventure sordide.

— Dites-le à Gilda si elle nous surprend enfermés dans sa loge...

— Votre paranoïa à propos de Gilda...

— Est justifiée! La nouvelle Gilda me fait regretter l'ancienne, je vous assure. Pas plus tard qu'hier, elle a carrément refusé de faire une émission sur la crise du budget de l'Etat.

— Elle a le droit de faire des suggestions. Ou pensez-vous être la seule à pouvoir diriger *Vous informer*?

Elle soupira avec exaspération.

— Je crois avoir fait largement ma part de concessions récemment. N'oubliez pas le nouveau *look* de Gilda.

— De l'excellent travail.

— J'en arrive à le regretter. J'ai le sentiment qu'elle est en train d'échapper à tout contrôle.

— Vous voulez dire d'échapper à *votre* contrôle.

— Au vôtre aussi, Justin! Vous avez entendu ce qu'elle a dit devant la loge... Qu'elle ne laisserait plus personne la manipuler ! Croyez-vous que cela ne nous concerne pas ? Nous avons créé un monstre, mais vous ne le voyez pas. Comme vous ne voyez pas le risque que nous courons si nous étalons notre liaison au grand jour maintenant. Que peuvent changer quelques semaines de discrétion de plus... ou même quelques mois ?

— Des mois !

— Et alors ? Il nous faut du temps pour être sûrs de nous.

Il lui jeta un regard songeur.

— Je suis sûr de nous. Pas vous ?

Elle aurait voulu lui dire oui, mais c'eût été lui mentir. Elle n'était pas prête à révéler sa liaison au monde. Elle allait lui faire de la peine, mais elle devait se montrer honnête envers lui.

— Je n'en suis pas complètement sûre.

Le visage de Justin se crispa. Il s'appuya lourdement à son bureau.

— Je... je vois.

— Quand avons-nous été seuls la dernière fois, vraiment seuls ? demanda-t-elle dans une tentative désespérée de lui faire comprendre ses angoisses. Quand avons-nous parlé de nous-mêmes ? Je suis contente que Tommy soit là, mais j'ai l'impression que nous sommes liés dans votre esprit.

— Ce n'est pas vrai !

— Si. Vous ne me dissociez pas de cette gentille petite famille que vous avez créée dans votre tête.

— C'est *vous* que je veux, Rosalie. Je ne m'attends pas à ce que nous formions un couple idéal. Je veux seulement que nous soyons un couple. Et vous, que voulez-vous?

— Du temps, Justin.

Il lui jeta un regard dur.

— Non, je ne le crois pas.

— Si!

— Non. Vous êtes lâche, voilà la vérité.

Rosalie tressaillit comme s'il l'avait frappée.

— Co... comment osez-vous!

Il eut un geste désinvolte, mais il était visible que son sang-froid légendaire l'avait abandonné.

— Vous m'accusez d'être irréfléchi, impétueux, insensible à vos besoins, et je ne peux pas vous traiter de lâche?

— Vous me harcelez alors que je ne suis pas prête. Voilà ce qui me fait peur!

— Non! tonna-t-il si violemment qu'elle sursauta. Je vais vous dire ce qui vous fait peur. Vous avez peur que ce soit sérieux entre nous. Le problème, c'est que cela risque de vous compliquer singulièrement l'existence. Les enfants devront s'entendre, mon ex-femme viendra peutêtre s'installer ici, auquel cas Tommy fera vraiment partie de ma vie quotidienne. Et puis il y a des incertitudes concernant votre collaboration avec moi, votre patron et amant. Nos collègues risquent de ne pas comprendre cette liaison, et l'ambiance pourrait être un peu tendue pendant quelque temps. Tout cela bouleverserait votre petit monde bien ordonné et vous n'êtes pas prête à l'affronter, voilà la vérité!

— Cela ne me fait pas peur! Mais je ne tiens pas à me colleter avec tout en même temps.

— C'est compréhensible, seulement la vie ne nous distribue pas toujours les cartes que nous voulons. Je suis devenu père célibataire et j'ai commencé un nouveau travail pratiquement en même temps.

— Oh non, parce que j'étais là pour alléger cette responsabilité.

Il parut surpris.

— C'est ainsi que vous voyez les choses? Je croyais que vous aviez envie de mieux connaître Tommy.

— Et vous aviez raison. Mais pour apprendre à le connaître, j'ai dû aller choisir les meubles de sa chambre quand vous en étiez empêché par une réunion de dernière minute, assister à la pièce jouée par sa classe et où il interprétait le rôle d'un adorable flocon de neige, jouer les petites souris quand il perdait une dent parce que vous n'y pensiez pas... J'ai pris un immense plaisir à tout cela car Tommy est un merveilleux petit garçon. Mais pour moi, c'est un surcroît de responsabilités et j'ai du mal à faire face à tout ce qui s'est passé ces derniers mois.

— Bon sang, Rosalie, les événements de la vie ne défilent pas les uns après les autres. Parfois, ils vous submergent d'un coup. Vous ne pouvez repousser éternellement les problèmes.

— J'ai parlé de semaines et peut-être de mois. C'est vous qui parlez d'éternité.

Le visage de Justin s'adoucit.

— Je ne peux envisager demain sans vous, encore moins l'éternité, murmura-t-il en lui caressant la joue.

Elle sentit ses yeux s'emplir de larmes. Elle vit le reflet de sa propre détresse sur le beau visage incliné vers elle.

— Moi non plus, dit-elle.

— Si c'est ce que nous pensons, alors au diable les autres! Nous affronterons leurs réactions ensemble.

Elle avait envie de céder, de le laisser la prendre contre lui et l'embrasser. Elle avait besoin de ses bras autour d'elle. Sans eux, le monde était un endroit froid et solitaire. Mais elle ne pouvait pas faire cela.

— Justin, vous me poussez à faire une chose que je réprouve. Et si je refuse, vous me traitez de lâche, comme si je fuyais mes responsabilités par égoïsme et faiblesse.

— Vous ne pouvez laisser les autres prendre vos décisions à votre place, dit-il dans un murmure. Vous devez prendre des risques.

Elle baissa les yeux.

— Non. Ce n'est pas le moment.

Il soupira.

— Y aura-t-il un jour un moment favorable?

La colère vibrait dans la voix de Justin. En cherchant à lui faire comprendre ses sentiments, elle n'avait fait que creuser un fossé entre eux.

Mais après tout, elle aussi avait des raisons d'être en colère! Comment osait-il imputer leurs problèmes à son prétendu manque de courage? Où était sa patience?

— Je ne sais pas, dit-elle. J'ai besoin de respirer.

— Combien de temps encore allons-nous jouer à cache-cache?

Ce fut comme s'il l'avait giflée.

— Nous ne jouons plus. Je viens de vous dire que j'avais besoin de respirer et je le pense.

Il pâlit.

— Alors, vous choisissez la fuite. Plus aucune relation... J'ai bien fait de ne prendre que deux billets pour le match de foot, dit-il d'un ton tranchant.

Tremblant de tout son corps, elle se dirigea vers la porte.

— En effet.

Elle pénétra en trébuchant dans les toilettes des femmes. Heureusement, il n'y avait personne. Humectant des serviettes en papier, elle se les passa sur le visage en s'efforçant de maîtriser le tremblement incoercible qui l'agitait.

Elle n'arrivait pas à le croire. Il avait suffi de quelques minutes pour trancher à vif dans ses relations avec Justin. De quelques mots glacés, venimeux.

Elle se sentait misérable, malade.

Debout devant la glace, elle respirait profondément quand Peggy entra en coup de vent.

— Ah, te voilà! Je t'ai cherchée partout. Je vois que tu as entendu la nouvelle.

— Quelle nouvelle?

— Des bagarres ont éclaté en ville entre un groupe de vigiles et des bandes de jeunes. Cela a tourné à l'émeute.

— C'est vrai?

Voilà donc la raison du flash spécial dont parlaient Gilda et Stanley...

— Il y a eu des blessés?

— Pour autant qu'on le sache, il y a eu quelques blessés dans les deux camps. Mais le quartier est en ébullition et menace d'exploser. La Ligue de défense de Boston prétend que ses membres ont le droit de patrouiller dans les rues sans armes pour lutter contre la criminalité. Les bandes locales sont furieuses car ils empiètent sur leur territoire. Evidemment, les policiers s'opposent à ce que des amateurs fassent leur travail, mais les associations du quartier et les personnes âgées prétendent que la Ligue décourage la criminalité.

— Une vraie poudrière, commenta Rosalie qui sentait son intérêt renaître lentement. Qu'en dit le maire ?

— Il veut avant tout qu'on cesse de se battre, mais la Ligue refuse de cesser ses rondes. Elle a accepté de renoncer aux patrouilles de ce soir, mais reprendra ses tours de surveillance dès demain soir.

A cet instant, la secrétaire de Justin passa la tête par la porte des toilettes.

— Justin pensait que je vous trouverais ici toutes les deux. Il vous invite à le rejoindre immédiatement dans son bureau pour une réunion extraordinaire.

Les deux jeunes femmes la suivirent. Avant de pénétrer dans le bureau de Justin, Rosalie se composa soigneusement un masque impénétrable. Elle remarqua qu'il s'efforçait de faire de même. Elle s'assit près de Larry Bishop.

— C'est au sujet de la Ligue de défense de Boston ? demanda-t-elle.

— Oui, répondit-il en évitant son regard.

— Nous attendons Gilda, dit Larry. Heureusement, elle est arrivée plus tôt aujourd'hui pour préparer l'émission. Elle sera là d'un instant à l'autre.

Gilda ne tarda pas à faire son apparition, envelopée d'un effluve d'après-rasage, légèrement ébouriffée et les joues roses.

— Désolée d'être en retard, mais je me suis arrêtée à la salle de rédaction pour avoir les dernières nouvelles.

— Et ? demanda Rosalie.

— Et quoi ?

— Il y a du nouveau ?

— Hum, non...

— Je vous ai réunis pour discuter de la situation à Boston, dit Justin. Je suis d'avis que cela peut faire un excellent sujet pour *Vous informer*.

Gilda bondit.

— Tout à fait d'accord ! Il y a là-dedans tous les éléments pour me faire faire une formidable percée !

« Comme c'est gentil à la communauté d'exploser pour toi, Gilda », commenta silencieusement Rosalie.

— Quels éléments ? demanda Larry.

— Oh, il y en a des quantités. Les confrontations, la violence, la criminalité, les victimes outragées, la police frustrée, les politiciens déconcertés, et surtout, les bandes de voyous. Elles sont effrayantes, mais aussi fascinantes. Elles doivent être le centre de l'émission. Qui sont leurs membres ? Quelles sont leurs motivations ?

Elle se tourna vers Rosalie.

— J'aimerais avoir comme invités différents membres de ces gangs avec leurs insignes distinctifs. Je voudrais aussi qu'ils remplissent les gradins du public. Ce serait terriblement excitant, non? Evidemment, je ne m'habillerai pas aussi élégamment pour l'occasion. Peut-être porterai-je un peu de cuir pour être au diapason de ces jeunes gens...

— Leur meilleure amie, en quelque sorte, coupa Rosalie.

— Quoi? Tu ne veux pas faire cette émission?

Rosalie sentit tous les regards converger sur elle. Elle choisit soigneusement ses mots.

— Je pense que cela peut faire un bon sujet d'émission, mais nous devons la centrer sur la communauté, et non sur ces jeunes. Pour discuter de la situation, il faudrait inviter des représentants des différents groupes du quartier, de la police et de la Ligue de défense de Boston. Ce serait une façon d'encourager la discussion, non la bagarre. Si nous nous concentrons sur les jeunes voyous, nous risquons d'en faire des héros. Or ce ne sont pas des citoyens modèles. Qu'est-ce qui les empêchera de se battre sur le plateau? L'émission est en direct, nous serons piégés si une bagarre éclate.

— Tu crois que c'est possible? demanda Gilda avec intérêt.

— Tu vois? Tu ne penses pas à l'intérêt de la communauté, tu veux du spectacle!

— Oh, cesse de te montrer aussi noble! Evidemment, je ne veux pas de violence, mais cela ne me fait pas peur. Je risquerais volontiers un œil au beurre noir ou un nez cassé pour faire une émission mémorable.

— Si nous ramenions la paix, voilà qui rendrait l'émission mémorable, commenta Justin avant de regarder froidement Rosalie. Mais les bandes doivent participer au débat. Elles sont aussi les acteurs de cette scène.

— Je n'ai jamais dit le contraire, répliqua-t-elle. Mais elles ne doivent pas être les vedettes de l'émission. En mettant ses membres en valeur, nous en ferions des modèles pour les jeunes qui nous regardent. Ce serait complètement irresponsable. Je préfère ne pas faire l'émission que d'encourager une chose pareille. D'ailleurs, certains de ces voyous sont recherchés par la police. Répondraient-ils seulement à notre invitation ?

— Bien sûr que oui, répondit Justin avec assurance. Tout le monde veut être célèbre, ne serait-ce qu'une heure.

Rosalie lui rendit son regard froid.

— Alors, c'est ce que nous voulons faire. Les rendre célèbres ?

— Non, mais personne ne zappera sur WMAS seulement pour voir les chefs de la communauté se disputer. Gilda a raison. Les jeunes voyous sont la clé du succès de l'émission. Ils passeront bien à l'écran. Ils sont différents, fascinants.

— Et violents, articula Rosalie entre ses dents serrées.

— Il est sûr que nous monopoliserions les téléspectateurs avec eux.

Rosalie comprit qu'elle n'aurait pas le dessus.

— Ecoutez, dit-elle, les émissions sont programmées pour cette semaine. Voyons si la situation évolue. Nous pouvons commencer à prendre des contacts avec les parties concernées pour voir si elles accepteraient de participer à un éventuel débat. D'ici à mercredi ou jeudi, nous devrions savoir si cela vaut la peine de courir le risque.

Elle jeta à Justin un regard de défi.

— Mais bien sûr, donnons-nous un peu de temps, rétorqua-t-il d'un ton coupant.

Rosalie passa les deux jours suivants déchirée entre des sentiments contradictoires. D'un côté, elle était sûre d'avoir agi comme il convenait avec Justin. Il était allé trop loin en la poussant à accepter ses vues alors qu'elle n'était pas prête.

De l'autre côté, il lui manquait terriblement et elle souffrait cruellement de son absence. Leur séparation ne pouvait être irrévocable.

Si dures soient-elles, les paroles qu'ils avaient échangées n'avaient pu tuer leurs sentiments.

Pourtant, elle en voulait à Justin d'utiliser l'émission pour lui témoigner sa rancœur. Il semblait tirer une satisfaction morbide de l'aggravation de la situation à Boston. Il y avait eu de nouvelles bagarres suivies de pillages et même d'incendies volontaires, malgré l'appel au calme lancé par le maire.

Avec l'escalade de la violence, Justin rongeait visiblement son frein dans l'attente du débat qu'il voulait organiser. Pour Rosalie, les bandes de voyous voulaient seulement qu'on parle d'elles.

Elle avait réussi à prendre contact avec certains d'entre eux et avait découvert qu'ils n'arrivaient pas à se mettre d'accord pour savoir qui les représenterait à l'antenne. Au moins la Ligue de défense de Boston avait un président.

Un autre problème se posait. Les responsables de la communauté pressentis pour participer à l'émission refusaient d'être confrontés à des interlocuteurs qu'ils ne jugeaient pas valables.

Face à toutes ces difficultés, Justin faisait la sourde oreille.

— On peut faire cette émission, répétait-il inlassablement.

Pour sa part, Rosalie la considérait de plus en plus comme un coup médiatique dangereux. Et elle ne se faisait aucune illusion quant à l'issue du vote qui devait avoir lieu le jeudi. Une seule alternative s'offrait à elle : réaliser l'émission ou démissionner.

Elle y réfléchit longuement en se couchant le mercredi soir. Pouvait-elle se permettre de quitter son emploi ? L'idée la tenta un moment, puis elle comprit que Justin ne manquerait pas d'interpréter sa démission comme une nouvelle preuve de sa prétendue lâcheté. Si l'émission devait se faire, elle était la mieux placée pour la réaliser et elle ne se déroberait pas !

Elle resterait donc.

Elle avait quitté Justin pour respirer et elle se demandait maintenant ce qu'elle allait bien pouvoir faire de sa liberté retrouvée.

Il lui semblait impossible de ne plus jamais sentir ses bras autour d'elle, de ne plus entendre sa voix lui chuchoter des mots délicieux à l'oreille. Leur dispute avait creusé un abîme entre eux, et la perspective de l'émission ne faisait qu'empirer les choses...

Le jeudi matin, Rosalie pénétra dans le bureau de Justin en compagnie de Larry et de Peggy. Il était huit heures et demie et Gilda n'était pas encore arrivée.

Le regard de Justin s'attarda sur le joli visage de la jeune femme. Deux jours plus tôt, ces beaux yeux gris le contemplaient avec amour au lieu de le fixer avec cette colère mal contenue. Il en ressentit une profonde tristesse. Il n'avait pas voulu en arriver là. Il avait simplement voulu l'aimer au grand jour. Ne le souhaitait-elle donc pas?

Il avait terriblement besoin d'elle. Mais elle souhaitait prendre ses distances et il la laisserait respirer, quoi qu'il lui en coûte. Il la soupçonnait de s'opposer à la diffusion du débat sur la Ligue de défense uniquement pour le contrer et cela le rendait furieux.

Il alla droit au but.

— La situation a empiré au cours des dernières quarante-huit heures. Dans l'intérêt de la paix, on a demandé la dissolution de la Ligue de défense. Elle doit se réunir ce soir pour en décider. Si elle est dissoute, nous renonçons à notre idée. Dans le cas contraire, nous préparerons une émission pour lundi avec toutes les parties concernées.

— Si la Ligue n'est pas dissoute, ses membres

vont continuer leurs patrouilles de surveillance
pendant le week-end, causant davantage de violence, remarqua Rosalie.

Larry se tourna vers elle.

— Aucune des parties n'a confiance en la
police. Qui va les réunir autour d'une table ronde
si nous n'essayons pas ? Rien n'a abouti jusqu'à
maintenant.

— Je maintiens qu'il est irresponsable de laisser des voyous s'exprimer à l'antenne, rétorqua
Rosalie. Il y aura des enfants parmi les téléspectateurs.

— En début d'émission, Gilda précisera
qu'elle est destinée aux adultes, dit Justin. Peggy,
qui est d'accord pour y participer ?

Peggy consulta son carnet.

— Pour les bandes, nous aurons un des Invincibles de Boston et un des Guerriers de Roxbury.
Paul Moran, le président de la Ligue de défense,
a donné son accord, ainsi que le révérend Charles
Brown du Comité pour la sécurité. Enfin, j'ai un
« peut-être » d'Agnès Baker qui représente une
association du troisième âge.

— Beau travail, Peggy.

— En fait, c'est Rosalie qui a tout mis sur pied.
Si vous l'aviez entendue parler aux Guerriers !

— Ils ont cherché à vous enrôler, Rosalie ?

Rosalie ne trouva pas la plaisanterie particulièrement drôle.

— Je ne tiens pas à ce qu'on m'attribue le
moindre mérite pour cette émission et je préfère
que mon nom ne soit pas cité.

Elle vit Justin froncer les sourcils. De toute

évidence, sa réflexion ne lui avait pas plu. Bien. Et ce qu'elle allait dire maintenant ne lui plairait pas davantage.

— Je voudrais aussi soulever un autre point, reprit-elle. Je pense que nous devrions envisager d'avoir un autre présentateur que Gilda pour mener ce débat.

— Quoi? s'écria Larry.

— Laissez-moi finir, Larry. Ce débat va être particulièrement délicat à diriger et il devra être bien préparé. Vous connaissez Gilda, elle lit rarement la documentation que nous lui fournissons avant les émissions. Cette fois, pourtant, il faudra impérativement le faire. De plus, elle aime provoquer des controverses, même pour les sujets les plus anodins, et ce débat n'aura pas besoin de ça. Vous l'avez entendue lundi, elle *veut* qu'il y ait de la bagarre sur le plateau. Son but n'est pas d'apaiser les esprits, mais de faire exploser l'indice d'écoute et de passer à la postérité. Une telle attitude peut nuire gravement à la réputation de *Vous informer*. Nous ne voulons pas que les choses dégénèrent, n'est-ce pas, Larry?

— Bien sûr que non. Mais maintenant Gilda est identifiée à l'émission. Nous avons dépensé une fortune pour cela.

— Par qui pensez-vous la remplacer? demanda calmement Justin.

Rosalie se tourna vers lui.

— Andy Hopkins. C'est le reporter qui a couvert l'affaire depuis le début et il connaît bien les problèmes des quartiers concernés. Je l'ai sondé sur la possibilité de présenter le débat et il serait d'accord.

— Qui vous a autorisée à le faire? demanda-t-il durement.

Elle lui retourna son regard froid.

— Je me suis permis de le faire en tant que réalisatrice de cette émission. Je lui ai demandé de garder le secret, et d'ailleurs, je ne lui ai rien promis.

Justin se pencha vers elle.

— Vous auriez d'abord dû en discuter avec moi.

— Et avec moi, renchérit Larry. Que va dire Gilda?

— Le problème n'est pas là, rétorqua sèchement Rosalie.

— En effet, dit Justin, les yeux brillants de colère. Il se situe ailleurs : remplacer Gilda, même une seule journée, est une décision importante. J'aurais dû être consulté.

— Andy peut présenter le débat avec Gilda, suggéra Rosalie pour l'apaiser.

Justin jeta violemment son stylo qui rebondit sur son bureau.

— C'est à *moi* de décider qui présentera cette émission, cria-t-il, tout comme j'ai décidé qu'elle serait diffusée lundi si la Ligue de défense n'est pas dissoute, ce qui est probable. Alors, venez me voir demain avec la liste définitive des invités et d'ici là, préparez la documentation nécessaire. Larry, pouvez-vous rester un moment?

Elle était congédiée. Aussi dignement qu'elle put, elle ramassa ses affaires et sortit, suivie de Peggy. A peine eurent-elles regagné leur bureau que Peggy s'écria :

— Remplacer Gilda! Tu ne manques pas d'aplomb, Rosalie!

— Tu crois que j'ai tort?

— Non, mais tu aurais dû en parler d'abord à Justin. Il aurait peut-être accueilli ton idée de coprésentateur plus favorablement.

— J'en doute.

— Je n'aimerais pas être celle qui l'apprendra à Gilda...

— Si Justin rejette mon idée, elle ne saura jamais que nous y avons pensé.

— Sauf si Larry vend la mèche, commenta Peggy en se dirigeant vers la porte. Il est tellement bavard.

Deux heures plus tard, Gilda faisait irruption dans les bureaux de *Vous informer*, toutes griffes dehors.

— Comment as-tu oser suggérer qu'on me remplace? jeta-t-elle à la tête de Rosalie.

— Ah! Larry t'a parlé de l'émission?

Gilda lança son sac sur une chaise avec une telle violence qu'il s'ouvrit, laissant échapper un tube d'anticernes et un stick de déodorant.

— Oh oui! Il a commencé à sa façon détournée : « Ce débat sur la Ligue de défense ne vous fait pas peur, Gilda? » Bien sûr, j'ai répondu que non, que c'était du tout cuit. Il a continué ses questions et j'ai compris qu'il avait une idée derrière la tête. Il a fini par me parler de votre petite discussion à mon sujet! Je me suis demandé qui pouvait bien penser que je n'étais pas qualifiée pour présenter ce débat. Certainement pas Larry. Il m'a juré qu'il me soutenait complètement.

Elle enleva rageusement son manteau. Elle portait une élégante robe en jersey bleu nuit, des escarpins plats bleu marine et un collier de perles. Son apparence racée était à l'opposé de ce qu'elle était vraiment. Et justement, la vraie Gilda était en train de se montrer.

— J'ai vite écarté Justin, reprit-elle d'un air mauvais. Et j'ai compris que c'était toi ! Reconnais-le ! C'est ton idée, n'est-ce pas ?

— Je ne te mentirai pas, Gilda. Tu te débrouilles admirablement avec certains sujets, mais je te vois mal mener ce débat très particulier.

— Belle façon de dire que je ne suis pas qualifiée ! Eh bien, laisse-moi te dire que je suis la personne *idéale* pour présenter cette émission. Tu veux savoir pourquoi ?

— Franchement, non.

— Parce que je ne fais pas semblant d'avoir des prétentions journalistiques, moi !

Rosalie se leva brusquement de son fauteuil.

— Semblant !

— Oui, semblant ! Tu peux soutenir vouloir résoudre les problèmes de la communauté, je sais que les téléspectateurs ne regarderont pas l'émission pour ça !

— Tu les sous-estimes.

— Je les comprends. Combien d'heures par jour un foyer moyen regarde-t-il la télévision ? Plusieurs, je le sais. Les gens sont bombardés de problèmes dans tous les domaines, et tu veux que je te dise ? Ils sont *anesthésiés* par les tonnes de nouvelles déprimantes qu'on leur assène. Alors, pour moi, la direction que doit prendre *Vous*

208

informer est claire : on doit cesser de faire réfléchir les téléspectateurs. Il faut leur changer les idées avec de l'original, du sensationnel. Et que ce soit pour *moi* qu'ils regardent l'émission, non pour de tristes sujets comme les impôts ou la peine de mort. Et je me ferai adorer de toute l'Amérique.

A cette pensée, Rosalie faillit s'étrangler.

— Gilda, le public américain n'est pas aussi superficiel que tu le penses. Les débats télévisés peuvent montrer autre chose que du sensationnel. Celui-ci en particulier a besoin d'être dirigé calmement. Connais-tu l'histoire des quartiers de Boston ? Es-tu au courant de leurs problèmes ? As-tu pensé aux conséquences possibles si les choses se gâtent ? Sauras-tu comment te comporter avec ces voyous s'ils échappent à ton contrôle ? Réfléchis, Gilda !

Pendant un moment, aucune des deux jeunes femmes ne parla et Rosalie caressa le fol espoir que, peut-être, Gilda avait compris. Elle fut vite déçue.

— Je sais pourquoi tu essaies de saper mon influence, dit lentement Gilda.

— Ah ?

— Tu es en train de perdre ton pouvoir ici et tu ne peux pas le supporter. Avant l'arrivée de Justin, tu faisais tout ce que tu voulais. Mais lui et moi avons donné une nouvelle orientation à *Vous informer*, et maintenant nous avons plus de poids que toi. Etre la cinquième roue de la charrette doit te rendre malade. C'est pour ça que tu as voulu me jouer ce méchant tour. Mais c'est raté.

Fine mouche, Gilda avait parfaitement deviné les angoisses de Rosalie. La jeune femme parvint cependant à lui sourire.

— Cela va certainement te sembler difficile à croire, Gilda, mais je pensais à l'émission, pas à moi. Et mon « tour », comme tu l'appelles, n'est peut-être pas manqué.

— Je peux t'assurer que si.

Rosalie glissa les mains dans ses poches pour que Gilda ne les voie pas trembler.

— Tu as parlé à Justin?

— Evidemment. Lui et moi sommes sur la même longueur d'onde à propos de l'émission. Ce projet de diffusion nationale va nous porter au sommet, tous les deux. C'est toi qui ne fais plus partie de l'équipe.

Rosalie s'efforça de contrôler son expression. « Ne la laisse pas voir qu'elle t'a touchée. »

— Oh, j'ai bien l'intention de continuer à en faire partie, dit-elle avec toute l'assurance dont elle était capable.

Gilda croisa les bras.

— Cela reste à voir.

Rosalie sentit un frisson désagréable la parcourir.

— Que veux-tu dire exactement? demandat-elle d'un ton désinvolte.

— Qu'il pourrait bien y avoir des changements dans les semaines à venir, déclara Gilda en triturant ses perles. Et il ne s'agit pas de mon remplacement à moi...

La bouche de Rosalie devint sèche.

— On parle de me remplacer?

Gilda contempla ses ongles vernis.

— Mmm... Il t'intéressera certainement de savoir que quelqu'un a récemment proposé ton départ de l'émission. J'avoue que j'ai été surprise, venant de sa part.

— Qui? demanda Rosalie, redoutant la réponse.

— Justin.

Comme Rosalie ne disait rien, Gilda reprit :

— Ce n'est qu'un projet pour le moment, comme ton idée de me faire remplacer.

— Je ne te crois pas.

Gilda se dirigea vers la porte.

— Demande à Justin. Mais à ta place, je commencerais à déménager mes affaires personnelles du bureau...

Son sac et son manteau sur le bras, elle sortit majestueusement.

Pendant une minute, Rosalie demeura pétrifiée, puis elle se laissa tomber sur une chaise. Ses tempes étaient douloureuses et elle prit sa tête dans ses mains.

Les yeux clos, elle s'efforça de réunir ses pensées, mais elle n'éprouvait qu'une terrible sensation d'effondrement. Ce n'était pas possible. Justin ne pouvait projeter de la renvoyer! Elle aurait voulu pleurer, mais ses yeux restaient secs. Se remettant peu à peu du choc subi, elle sentit la colère grandir en elle.

Comment Justin osait-il discuter de son avenir avec Gilda? Il aurait dû savoir combien elle en serait humiliée.

Elle releva la tête. Elle allait lui demander des

explications. Et il répondrait, que cela lui plaise ou non, même s'ils ne devaient plus jamais faire l'amour ensemble. Il lui expliquerait ce qu'il était en train de tramer contre elle.

Elle se leva et alla se regarder dans le miroir pour se composer un visage.

Toute sa vie, elle avait attendu un homme comme lui. Malgré l'évidence, elle n'arrivait pas à croire qu'il pût se montrer aussi rancunier, aussi mesquin. Non, elle ne le pouvait pas.

Elle remonta le couloir qui menait à son bureau sans prêter attention aux saluts des collègues qu'elle croisait. Elle se sentait perdue. En qui avoir confiance si Justin l'avait trahie? Etait-il perdu irrémédiablement pour elle? La douleur lui serrait la gorge, lui broyait le cœur.

Justin s'expliquerait. Il lui dirait en face ce qu'il préparait.

11.

La secrétaire de Justin était absente, mais Rosalie n'avait pas l'intention de se faire annoncer. Elle ouvrit la porte du bureau de Justin et entra.

Surpris, il leva la tête. Il était seul.

— Qu'êtes-vous en train de tramer contre moi, Justin ? demanda-t-elle en claquant la porte derrière elle.

— Quoi ?

— Qu'essayez-vous de me faire exactement ?

— De vous faire ? Je pourrais vous retourner la question.

— D'accord, j'admets que j'aurais peut-être dû vous consulter avant de parler à Andy Hopkins, mais...

— Peut-être ? répéta-t-il, les yeux brillants de colère. Peut-être ! Vous avez dépassé les bornes, Rosalie. Nous n'avions même pas décidé de faire l'émission quand vous lui avez parlé.

— Mais nous allions la faire, je n'en doutais pas un instant. Vous avez pris votre décision dès lundi.

— Alors vous avez pensé qu'un petit sabotage ferait peut-être sauter l'émission. En mettant Gilda hors d'elle et...

— Je ne vous permets pas de m'accuser de sabotage ! s'écria-t-elle, douloureusement désemparée qu'il la connaisse si mal pour la croire capable d'une chose pareille. Ma discussion avec Andy était peut-être prématurée, mais je pensais à l'intérêt de l'émission !

Il croisa son regard et sa voix s'adoucit.

— Très bien, je me suis peut-être trompé sur vos mobiles. Mais votre idée était présomptueuse et vous n'en avez pas envisagé les répercussions.

Elle poussa un soupir rageur. Ils arrivaient à l'objet de sa venue.

— Je ne tenais pas à ce que Gilda soit mise au courant avant qu'une décision soit prise. Ce n'est pas moi qui lui ai parlé.

— Moi non plus.

— Je sais. C'est Larry.

— Quand elle est venue ici, elle était hors d'elle. J'ai dû la calmer.

Elle se pencha vers lui.

— Alors, vous lui avez parlé.

— Bien sûr que je lui ai parlé. Je lui parle tout le temps.

— A mon sujet ?

Les yeux de Justin se rétrécirent.

— Rarement.

— Mais quelquefois…

. — Moins souvent que je ne vous parle d'elle.

— Mais vous ne m'avez jamais dit quoi que ce soit que vous n'auriez pu lui dire en face.

— Et je ne lui ai jamais rien dit que je n'aurais pu vous dire en face.

Elle eut un sursaut. Une telle détresse se peignit sur son visage que Justin se leva.

— Menteur, murmura-t-elle en sentant ses yeux s'emplir de larmes. Menteur...

Elle se dirigea vers la porte, mais il se précipita et lui prit le bras.

— De quoi diable parlez-vous?

Elle regarda son beau visage. Dans ses yeux gris, l'incompréhension le disputait à l'inquiétude. Comme elle l'aimait! Jamais plus elle ne pourrait aimer ainsi. Jamais plus elle ne pourrait avoir confiance en un homme.

— Je sais que vous lui avez parlé de me remplacer, lança-t-elle, la voix tremblante.

Les doigts de Justin s'enfoncèrent dans la chair de ses bras mais elle ne sentit pas la douleur. Pas celle-ci, du moins.

— Quoi! J'ai fait quoi?

— Vous... vous lui avez dit que vous vouliez me faire remplacer comme réalisatrice de *Vous informer*. Elle m'a tout raconté. Allez-vous le nier?

Il la lâcha et détourna les yeux. Il devait donc y avoir quelque fondement à son accusation... Sans qu'elle s'en rende compte, les larmes jaillirent de ses yeux.

— Je ne lui ai jamais parlé de vous remplacer, dit-il rudement. Jamais. J'ai seulement dit à Larry que vous seriez parfaite pour réaliser le grand documentaire que nous projetons de faire sur le port de Boston. Mais jamais je n'ai voulu vous faire quitter définitivement *Vous informer*. Cela n'aurait été qu'un travail temporaire.

— Ah, vous avez parlé à Larry...

— Il est mon patron! Je suis censé lui faire part de mes idées, comme vous êtes censée me faire part

215

des vôtres! Je déplore que Larry en ait parlé à Gilda, mais la réalisation d'un documentaire n'est quand même pas une voie de garage!

— Elle s'est servie de cette information comme d'une arme contre moi. C'était très humiliant. D'ailleurs, qui vous a demandé de faire des suggestions me concernant? Pourquoi vous êtes-vous immiscé dans ma vie professionnelle sans me consulter?

La respiration de Justin s'accéléra. La colère colorait ses joues et ses yeux bleus étincelaient, ne faisant qu'ajouter à sa séduction.

Rosalie se demanda comment elle pouvait le trouver si attirant quand il était en train de lui briser le cœur.

— Rosalie, je vous ai parlé de ce documentaire. L'idée semblait même vous intéresser.

— Dans l'avenir, peut-être.

— L'avenir, c'est aujourd'hui, dit-il fermement. Quand l'occasion se présente, il faut la saisir. C'est peut-être votre unique chance. Je ne vous avais pas mise au courant car le projet n'est pas encore entièrement approuvé. Je ne voulais pas vous donner de faux espoirs.

— De faux espoirs! explosa-t-elle. Je suis censée être ravie à l'idée d'être remplacée? Car quoi que vous en pensiez, il s'agirait bel et bien d'un remplacement pour tout le monde.

— Pour qui?

— Pour tous ceux qui connaissent mes relations avec Gilda. Oh, on me féliciterait pour mon documentaire, mais dans mon dos, on raconterait que Gilda m'a évincée. Car vous croyez qu'elle me

216

laisserait revenir, ensuite, malgré vos promesses ? A moins que ce projet de documentaire ne soit qu'un subtil moyen de se débarrasser de moi avant que l'émission soit rachetée par une chaîne nationale ?

Le regard de Justin se durcit.

— Le rachat de *Vous informer* n'en est encore qu'au stade de la discussion. J'ai pensé à vous faire réaliser ce documentaire car je crois en votre talent, un point c'est tout. Franchement, je vous trouve trop compétente pour vous limiter aux débats sur la voyance. C'est vrai, Rosalie, je suis sincère.

— La vérité, c'est ce qui sert vos intérêts, oui ! Vous n'hésitez pas à charmer et à manipuler pour faire grimper un indice d'écoute !

— Vous ne répugnez pas à intriguer, vous non plus ! Vous avez enfreint la déontologie de notre profession en essayant de remplacer Gilda.

— Je l'ai fait dans l'intérêt de l'émission. Si elle reçoit ces voyous sur le plateau, nous allons droit au désastre.

— Si je comprends bien, nous n'avons d'autre choix que de partager votre opinion ou d'être taxé d'imbécillité ? Moi aussi, je pense à l'avenir de l'émission, vous savez.

Elle soupira.

— Je vois très bien l'avenir. Un beau matin, je m'éveillerai dans vos bras, au chômage...

Justin sursauta comme si elle l'avait giflé. Si elle avait cherché à le blesser, elle avait réussi.

— Me croyez-vous donc capable de vous faire autant de mal ? demanda-t-il doucement.

Elle essuya ses joues mouillées de larmes.

— C'est déjà fait...

Les yeux bleus de Justin reflétèrent une profonde tristesse.

— J'ai seulement essayé de vous aimer. Je croyais que vous m'aimiez. Je suppose que nous nous sommes trompés tous les deux.

Il ouvrit la porte et sortit, laissant Rosalie seule dans son bureau, désespérée.

Elle ne sut jamais comment elle passa le reste de la journée. Comme une somnambule, elle termina mécaniquement son travail et rentra chez elle. Plus tard ce soir-là, elle alluma machinalement la télévision pour avoir les dernières nouvelles. Comme l'avait prévu Justin, la Ligue de défense de Boston refusait de cesser ses rondes.

Une nouvelle vague de violence était à prévoir. L'émission aurait lieu.

Curieusement, cela n'avait plus autant d'importance pour elle. Sa rupture avec Justin lui faisait si mal… Heureusement, Violette était absorbée par ses pensées et ne remarqua rien. Rosalie ne pouvait pas croire qu'elle et Justin en soient arrivés là. Comment aurait-elle pu l'expliquer à Violette ?

Comme un automate, elle prépara le dîner, fit la vaisselle, rangea la cuisine. Mais son esprit ne cessait de revoir la pénible scène qui l'avait opposée à Justin le matin même. Il aurait dû lui parler du documentaire. En effectuer la réalisation la tentait. Pourquoi ne lui avait-il rien dit ?

Les accusations qu'il avait portées contre elle lui faisaient mal, mais le pire était ses derniers mots.

« J'ai essayé de vous aimer. Je croyais que vous m'aimiez. Je suppose que nous nous sommes trompés tous les deux. »

Elle n'avait pas voulu cette rupture. Elle ne demandait qu'un peu de temps pour respirer et réfléchir.

Elle se coucha et éteignit sa lampe de chevet. Fermant les yeux, elle appela de tous ses vœux la bienheureuse inconscience qui mettrait fin à sa douleur.

Sept heures plus tard, elle l'appelait encore. Elle avait dû s'assoupir vers 3 heures du matin, mais elle n'était nullement reposée. Elle prit une douche et se prépara une théière de thé fort.

Violette pénétra dans la cuisine. Elle fronça les sourcils en la voyant.

— Tu te sens bien, Rosalie? demanda-t-elle en s'approchant.

— Je n'ai pas beaucoup dormi cette nuit. La Ligue de défense refuse d'arrêter ses patrouilles et nous faisons une émission lundi sur ses démêlés avec les bandes.

— Gilda va recevoir ces voyous en direct?

Rosalie hocha la tête.

— Tu devrais te faire porter malade ce jour-là. D'ailleurs, tu n'as pas l'air dans ton assiette.

Rosalie essaya de rire.

— Je crains que ce soit impossible. Je ne peux pas me permettre de manquer cette émission. Mais le week-end va me sembler long... Si nous allions au cinéma ce soir?

Violette parut surprise et, sembla-t-il à Rosalie, quelque peu consternée.

— Tu as oublié? Je passe la nuit chez Andrea. Je t'en ai parlé le week-end dernier. Kevin va faire du ski avec ses parents.

Rosalie ferma les yeux et soupira.

— C'est vrai. Ça m'était sorti de la tête.

— Tu ne vois pas Justin ce soir?

— Euh… non.

— Oh? Quelque chose ne va pas?

Rosalie ne put se résoudre à lui dire que tout était fini avec lui.

— Il y a toujours des hauts et des bas dans un couple, commenta-t-elle d'un ton philosophe.

Elle finit son thé et contempla les œufs brouillés que Violette lui avait servis. Elle en prit une bouchée, mais ils lui parurent pâteux, sans goût. Peut-être couvait-elle effectivement quelque chose. Curieusement ragaillardie par cette pensée, elle alla s'habiller.

En route vers son travail, elle concentra ses pensées sur la délicate émission qui se préparait. Grâce à sa diligence, tout était presque prêt et elle avait fini de réunir toute la documentation nécessaire.

Comble d'ironie, si le débat était une réussite, ce serait probablement l'un des derniers qu'elle réaliserait. Car elle ne pouvait pas rester. Aussi douloureuse que soit cette décision, elle devait quitter *Vous informer*. Elle ne pouvait plus travailler avec Gilda ni avec Justin.

Les heures suivantes la confirmèrent dans sa décision. Elle ne fut même pas surprise en apprenant que Gilda présenterait l'émission du lundi. Gilda fit semblant de s'intéresser à la documentation qu'on lui soumettait, mais il était évident qu'elle se souciait davantage de savoir quels voyous seraient présents sur le plateau, ou si on avait averti la presse.

Avec Rosalie, Justin se montra poli, presque distant. Il était confiant dans la réussite de l'émission, mais Rosalie le trouva quelque peu éteint. Ses joues lui semblèrent plus creuses et des cernes marquaient ses yeux, comme si lui aussi avait passé une mauvaise nuit. Son regard surtout reflétait une douloureuse confusion et Rosalie dut se faire violence pour ne pas se jeter dans ses bras pour effacer sa peine.

A plusieurs reprises, elle sentit son regard sur elle et ses yeux s'emplirent de larmes, mais chacun resta muré dans son orgueil. Les cruelles paroles qu'ils avaient échangées avaient creusé entre eux un abîme impossible à franchir.

A la profonde surprise de la jeune femme, la direction était divisée à propos du débat. Justin et Larry y étaient favorables, mais le directeur général de la chaîne, Lew Brady, se montrait aussi réservé qu'elle-même quant à son issue.

En programmant l'émission, Justin avait pris un plus gros risque qu'elle n'avait pensé de prime abord. Si les choses tournaient mal, sa tête tomberait. Comble d'ironie, lui et elle risquaient tous deux de se retrouver au chômage dès mardi...

La journée se termina enfin. Jamais Rosalie ne s'était sentie aussi épuisée. Un bon bain chaud et le confort de son lit lui feraient le plus grand bien.

Elle arriva chez elle à 6 heures. Elle se prépara un repas rapide et alla s'installer devant la télévision avec son plateau. Elle évita les nouvelles et regarda un moment un vieux film avant d'éteindre le poste.

Elle se sentait lasse à mourir. Elle n'avait pas le

courage de faire la vaisselle, mais un bon bain serait le bienvenu. Moussant ou non moussant ? Parfumé à la fraise ou à la pomme ? C'était encore le genre de décision qu'elle pouvait prendre...

En faisant couler son bain, elle s'aperçut qu'elle avait oublié de prévenir Violette qu'elle ne pourrait pas l'emmener à son cours de patinage le lendemain matin. Elle avait des détails de dernière minute à régler pour l'émission du lundi.

Fermant le robinet d'eau chaude, elle alla dans sa chambre et composa le numéro d'Andrea, l'amie de Violette. Ce fut sa mère qui décrocha.

— Susan ? Bonsoir, c'est Rosalie Ferris.

— Bonsoir, Rosalie, comment allez-vous ?

— Très bien, merci. Pourrais-je parler à Violette une minute ?

— Elle n'est pas là.

— Oh, elle est sortie avec Andrea ? Pourriez-vous lui laisser un message de ma part ?

— Andrea est dans sa chambre en train d'écouter de la musique. Violette devait passer la voir ?

Rosalie s'efforça de dissimuler sa surprise. Elle était perturbée ce matin, c'est vrai, mais elle se rappelait parfaitement avoir entendu Violette lui confirmer qu'elle passait la nuit chez Andrea. Elle l'expliqua à Susan.

— C'est curieux, commenta Susan. Attendez, j'appelle Andrea. Andrea ! Baisse le son, pour l'amour du ciel ! Merci. Décroche le téléphone dans ma chambre. Rosalie Ferris veut te parler.

— Allô ? fit une voix étrangement hésitante.

— Bonsoir, Andrea. C'est Rosalie. Violette m'a dit qu'elle passait la nuit chez vous ce soir. Aurais-je mal compris ?

— Euh... oui.

— Vous avez peut-être rendez-vous quelque part ? Je suis sûre qu'elle m'a dit qu'elle devait vous voir.

— Andrea, intervint Susan, as-tu invité Violette à passer la nuit ici ?

— Eh bien, je...

— Andrea, as-tu invité Violette comme elle l'a dit à sa sœur ?

Il y eut un « oui » à peine audible.

— Alors pourquoi n'est-elle pas là ?

— Hum... elle a changé d'avis.

— Changé d'avis ? répéta Rosalie qui commençait sérieusement à s'inquiéter. Elle m'a dit qu'elle serait chez vous, Andrea ! Aurait-elle décidé de passer la nuit chez une autre amie ?

— Comment ? Euh... oui. Elle est allée chez quelqu'un d'autre. Je ne me rappelle pas qui, mais ne vous inquiétez pas. Tout va bien.

— Andrea, je dois savoir où elle est. Réfléchissez. Qui devait-elle voir ?

— Je ne m'en souviens pas, répondit la jeune fille d'une voix plaintive.

— Andrea, dit sèchement sa mère, je te donne cinq secondes pour te rappeler.

Il y eut un gémissement à l'autre bout du fil. Pourquoi tant de mystère à propos de l'endroit où se trouvait Violette ? La réponse était évidente, mais Rosalie ne voulait pas le croire.

— Violette est-elle avec Kevin, Andrea ?

Le silence qui suivit confirma les pires soupçons de la jeune femme.

— C'est très grave, Andrea, dit Susan d'une voix dure. Tu dois tout nous dire. Maintenant.

Rosalie entendit un soupir.

— D'accord... La famille de Kevin est partie faire du ski pour le week-end et Violette et lui ont pensé que ce serait une bonne idée de...

— Bon sang !

— L'idée ne vient pas de moi, gémit Andrea.

— Non, dit sa mère, mais tu es leur complice et tu as ta part de responsabilité. Ils sont chez Kevin maintenant ?

— Oui.

— Alors, il faut raccrocher pour laisser Rosalie régler cette affaire. Toi et moi allons avoir une petite discussion sur la franchise, ma fille. Rosalie, rappelez-moi si vous avez besoin de quoi que ce soit.

— Merci, Susan.

En raccrochant, Rosalie remarqua que sa main tremblait. Violette lui avait menti. Elle en aurait pleuré.

Puis la colère l'emporta.

Certes, elle avait été très occupée ces derniers temps entre Justin et son travail et elle n'avait peut-être pas été assez présente pour Violette. Mais elle avait toujours pensé qu'une confiance mutuelle les unissait et le mensonge de Violette la blessait terriblement.

Mais elle ne s'en sortirait pas comme cela ! Rosalie savait où habitait Kevin. Elle allait se rendre chez lui de ce pas et... elle ferma les yeux à la pensée de la scène qu'allait provoquer sa visite.

Devait-elle téléphoner d'abord ? Non, car Kevin pourrait prétendre que Violette n'était pas avec lui.

Elle s'efforça de refouler les larmes qui lui monaient aux yeux. En vain. Les deux êtres qu'elle aimait le plus au monde l'abandonnaient. Elle se mit à sangloter éperdument.

A cet instant, le téléphone sonna. Elle décrocha immédiatement.

— Violette?

— Non, Rosalie, c'est Justin.

Elle se redressa. Elle était surprise, mais si heureuse d'entendre sa voix!

— Euh... bonsoir, Justin. Que se passe-t-il?

— Vous avez regardé les nouvelles ce soir?

— Non.

— La Ligue de défense s'est encore opposée à une bande de jeunes gens, les Macabres, tout un programme... Je voulais vous parler du renforcement des mesures de sécurité pendant l'émission de lundi.

— Maintenant? dit Rosalie qui avait d'autres priorités en tête pour l'instant.

— Le moment est mal choisi? Vous alliez sortir?

— Oui.

Elle étouffa un reniflement et chercha un mouchoir en papier dans sa table de nuit.

— Vous avez l'air bizarre. Tout va bien, Rosalie?

— Je peux me débrouiller.

Elle se moucha.

— Mais vous pleurez.

— Et alors?

— Que se passe-t-il, ma douce?

Il était si gentil, si tendre. Elle s'effondra de nouveau.

— Je... Violette m'a menti, bredouilla-t-elle.

Elle m'a dit qu'elle serait chez Andrea... mais elle n'y est pas. Elle est chez Kevin. Et elle veut y passer la nuit. Alors il faut que j'y aille maintenant... et je...

— Laissez-moi récapituler, coupa-t-il doucement. Violette vous a dit qu'elle passerait la soirée chez Andrea. Une de ses amies, je présume ?

— Oui.

En quelques mots, Rosalie lui raconta sa conversation avec Andrea. Parler lui fit du bien et lui permit de retrouver son calme.

— Alors, il faut que j'aille chez Kevin, conclut-elle.

— Seule ? Ce n'est pas raisonnable. J'ai une meilleure idée. Je viens avec vous.

La proposition emplit la jeune femme de gratitude.

— Merci, Justin, mais je ne peux vous imposer une chose pareille. Cela risque d'être très déplaisant.

— Raison de plus pour que je vous accompagne. Et si Kevin a bu ?

— Eh bien...

— Vous paraissez bouleversée. Vous ne pouvez pas conduire dans cet état.

— Je ne voudrais pas que votre présence embarrasse davantage Violette...

— Vous vous occuperez de Violette et moi de Kevin. Je passe vous prendre dans dix minutes.

Elle entendit le déclic à l'autre bout du fil et une énergie nouvelle parcourut son corps las. Dieu merci, elle n'aurait pas à traverser seule cette épreuve.

226

Huit minutes plus tard, la voiture de Justin s'arrêtait devant chez elle. Elle descendit le rejoindre en courant.

Il s'avança vers elle avec un grand sourire réconfortant. Elle lui prit la main et la serra.

— Merci, Justin.

Il garda sa main dans les siennes, chaudes et rassurantes.

— Oh, Rosalie...

Elle se retrouva dans ses bras. Il déplorait ses problèmes avec Violette, mais il était si heureux de la tenir de nouveau contre lui...

Pendant le trajet jusque chez Kevin, il la contempla plusieurs fois à la dérobée, le cœur gonflé d'une tendresse presque insoutenable. Pouvaient-ils revenir en arrière? Non, ils ne pouvaient remonter le temps. Les ponts étaient brûlés, les jeux faits.

Ils pénétrèrent bientôt dans le quartier le plus élégant et le plus riche de Boston.

— Tournez à gauche. La maison de Kevin est le numéro 3413.

Rosalie remarqua qu'une lumière était allumée au premier étage de la belle maison de style colonial. Sous le porche brûlaient des lampes à pétrole qui diffusaient une lueur étrange.

— Comment comptez-vous vous annoncer? demanda Justin.

— De la façon la plus naturelle qui soit. Je vais sonner à la porte et dire bonjour. Je regrette de ne pas avoir pensé à apporter des petits fours.

Il eut un rire bref.

— Vous feriez un bon mot au milieu d'une tornade, commenta-t-il.

Loin d'avoir envie de rire, Rosalie plaisantait pour apaiser ses angoisses. Elle appuya sur le bouton de la sonnette et un gong prétentieux se fit entendre.

— Vous êtes sûre qu'il y a quelqu'un ? demanda-t-il quand elle sonna pour la seconde fois.

— Il y a de la lumière au premier.

— Hum... ils sont peut-être occupés...

— De mieux en mieux, ... grommela-t-elle.

— Nous pourrions appeler d'abord d'une cabine téléphonique. Cela nous éviterait une situation gênante.

— Mais il serait peut-être trop tard.

— Il est peut-être déjà trop tard.

Elle soupira.

— Je sais, mais je la ramène à la maison de toute façon. Puis nous parlerons.

— Très bien. Faisons le tour de la maison. Ils ont peut-être oublié de fermer à clé la porte de derrière.

Rosalie le suivit.

Il tourna la poignée de la porte et poussa. A leur grande surprise, la porte s'ouvrit sans difficulté.

— Nous sommes en train de nous rendre coupables de violation de domicile, Rosalie.

Elle frissonna.

— Je sais. Je vous suis reconnaissante d'être là.

Il sourit et lui tint la porte. Ils pénétrèrent dans la cuisine. Si l'on exceptait le carton graisseux où achevait de rassir un morceau de pizza, elle était immaculée.

A l'autre bout de la maison, on entendait hurler de la musique rock.

— Il y a bien quelqu'un, chuchota Justin.

Rosalie sentit sa gorge se serrer. Conscient de son trouble, Justin lui prit la main et la serra.

— Allons-y, dit-il.

Guidés par la musique, ils arrivèrent au pied d'un grand escalier brillamment éclairé. La demeure était meublée avec un goût exquis, mais la décoration ne parvint pas à distraire Rosalie de ses pensées, surtout quand elle entendit le rire étouffé de sa jeune sœur.

Silencieusement, ils montèrent les marches recouvertes d'une épaisse moquette de laine. La chambre d'où leur parvenaient la musique et les rires était fermée.

— Je vais frapper, m'annoncer, et j'entre, déclara Rosalie.

— Nous aurions dû amener la cavalerie avec nous...

Elle n'eut même pas le cœur à sourire.

— Je vais y aller seule au cas où... euh... Violette n'est peut-être pas habillée. Si je crie, venez me rejoindre.

Redressant les épaules, elle frappa à la porte. Les gloussements s'interrompirent.

— Violette! C'est Rosalie. Sors d'ici, je te prie.

Il y eut des chuchotements affolés de l'autre côté de la porte.

— Allez-vous-en, grommela la voix pâteuse de Kevin.

Sans hésiter, Rosalie poussa la porte et entra.

La scène qui s'offrait à elle la fit rougir de colère. La chambre empestait la bière et des bouteilles vides gisaient un peu partout. Des vêtements jonchaient le sol.

Assis sur le lit défait et vêtu de son seul jean, Kevin la regardait d'un œil vitreux, visiblement choqué. Près de lui, Violette pressait un pull contre sa poitrine nue. Dieu merci, elle avait gardé son pantalon.

Tous deux regardaient la jeune femme comme si elle avait été un Martien.

— Ma... ma sœur, bredouilla Violette en virant à l'écarlate.

Rosalie s'avança vers elle.

— Alors, tu étais chez Andrea, Violette... Habille-toi, nous rentrons.

Violette avait l'air abasourdi.

— Attends! Je voulais pas... te mentir. Je voulais juste être avec Kevin...

Rosalie foudroya le jeune homme du regard.

— Si vous avez eu besoin de toute cette bière pour l'entraîner ici, on ne peut pas dire qu'elle vous ait suivi de son plein gré.

— C'est un mensonge, dit-il en se levant tant bien que mal. Comment osez-vous pénétrer chez moi?

Violette considéra sa sœur d'un air de défi.

— Tu n'as pas le droit de te mêler de ça, dit-elle en enfilant son pull. Pas le droit!

— Oh, si, j'en ai le droit, répliqua Rosalie en ramassant les chaussures de sa sœur. J'ai des obligations envers toi.

— L'obligation de m... m'humilier? dit Violette d'une voix pâteuse qui trahissait son état d'ébriété.

Rosalie lui prit le bras.

— Crois-moi, je ne veux pas te faire la leçon. Je préférerais être à mille lieues d'ici ce soir.

— Comme chez Justin pour coucher avec lui !

Rosalie rougit mais Violette poursuivit :

— Tous ces beaux discours pour soi-disant me garder pour un type bien alors que tu ne te gênais pas pour t'envoyer en l'air ! Je suis pas née d'hier, tu sais !

— Moi qui te croyais dupe, ironisa sèchement Rosalie.

Elle essaya d'entraîner sa sœur récalcitrante.

— Laissez-la, dit Kevin.

— Espèce d'hypocrite ! cria Violette.

L'insulte frappa Rosalie comme une gifle. Elle lâcha sa sœur.

— Tu n'es pas la seule à avoir des droits, tu sais ! En tant qu'adulte, j'ai le droit d'avoir des relations avec un homme si je m'y sens prête. Ce droit ne m'est pas venu comme par magie quand j'avais seize ans, mais à travers l'expérience et la maturité. Comme tu n'as rien de tout cela, il est de ma responsabilité de te conseiller d'attendre. Cela n'a rien d'hypocrite. Moi, je suis prête. Et j'ai le sentiment que toi, tu ne l'es pas. Un point, c'est tout.

— Je suis prête, balbutia Violette avant de fondre en larmes.

Rosalie lui caressa doucement les cheveux.

— Oh, chérie… Viens, rentrons à la maison.

— Laissez-la tranquille, ordonna Kevin, le visage empourpré, le regard mauvais.

— Restez en dehors de tout ça, Kevin.

— Pas question. Vous êtes ici chez moi. Vous ne pouvez pas emmener Violette contre sa volonté. Je ne vous laisserai pas faire, lança-t-il, les poings serrés.

— Justin !

Justin pénétra dans la chambre.

— Justin, il...

— J'ai entendu. Ecoutez, mon garçon, Violette est mineure.

— Hé, elle était d'accord. Je ne l'ai pas obligée à...

— Taisez-vous, coupa Justin.

— Si vous croyez que vous me faites peur !

— Petit minable, dit Rosalie en aidant à se relever une Violette en larmes.

— Ce n'est pas un minable ! protesta la jeune fille.

— Et encore, le qualificatif est généreux, remarqua Justin. Les hommes dignes de ce nom ne forcent pas les femmes, ils ne les font pas boire pour arriver à leurs fins.

— Si vous croyez que j'ai besoin de forcer les filles à coucher avec moi ! Il y en a des tas qui ne demanderaient qu'à être à la place de Violette à l'heure qu'il est.

Rosalie lui jeta un regard méprisant.

— Je suis sûre que vos parents trouveront tout cela très intéressant, dit-elle.

— Eh bien, dites-le-leur ! Vous êtes entrés dans cette maison par effraction. C'est un délit, figurez-vous ! Et Violette n'ira nulle part.

Il se précipita sur les deux sœurs pour les séparer.

— Kevin, tu m'as fait mal ! protesta Violette en se dégageant.

Justin s'interposa.

— Sortez de mon chemin ! cria Kevin.

Mais Justin n'était nullement disposé à se laisser

...aire. Et il n'avait pas bu, lui. Il empêcha le jeune homme d'atteindre Violette.

— Partez ou je vous jure que vous le regretterez, tonna Kevin d'un air menaçant.

Justin soupira. Il jeta un coup d'œil à Rosalie.

— Où est la cavalerie quand on a besoin d'elle ?

12.

— Vous allez le regretter, lança Kevin en s'avan
çant vers Justin.

— Je le regrette déjà.

Justin se ramassa, attendant l'assaut.

Kevin bondit. Justin l'esquiva. Kevin bondit à
nouveau, manquant sa cible.

— Arrête, Kevin, supplia vainement Violette.

A cet instant, Kevin se jeta sur Justin, l'attei
gnant à l'estomac. Tous deux s'écroulèrent contre
une commode. La tête de Justin heurta l'angle du
meuble et il étouffa un cri de douleur.

Horrifiée, Rosalie vit du sang couler sur son
visage. Violette éclata en sanglots.

Profitant de son avantage, Kevin bourra de
coups de poings son adversaire qui s'effondra.

Incapable d'en supporter davantage, Rosalie
lâcha Violette et se précipita pour aider Justin.
Mais ce dernier avait recouvré ses esprits.

Bloquant les pieds de Kevin, il lui fit perdre
l'équilibre. Le jeune homme tomba lourdement à
terre et Justin en profita pour se relever. La suite
alla très vite et, d'un coup de poing bien ajusté,
Justin finit par mettre Kevin hors d'état de nuire.

En larmes, Violette s'agenouilla près de lui.

— Ça va, Kevin?

Il leva la tête. Un bleu commençait à apparaître sur sa joue.

— Va-t-en.

— Mais, Kevin...

— J'espère que je ne vous ai pas cassé la mâchoire, mon garçon? demanda Justin.

— Fichez le camp.

— Apparemment non. Bon, il faut que je rentre, Rosalie.

— Il faut que vous alliez à l'hôpital, dit-elle en tamponnant sa blessure avec un mouchoir en papier.

— Non, je crois que ça ne saigne plus. Partons.

— Je vais conduire. Comment va Kevin, Violette?

— Tu as besoin d'un médecin, Kevin?

— Fiche le camp! hurla-t-il.

Violette s'enfuit de la pièce. Rosalie la trouva en train de sangloter dans la luxueuse salle de bains attenante. Elle l'entoura tendrement de ses bras et l'entraîna.

Le voyage de retour fut troublé un moment par les sanglots éperdus de Violette, puis elle se calma, non sans annoncer à sa sœur qu'elle ne lui adresserait plus jamais la parole de sa vie.

Cette promesse inquiéta moins Rosalie que la grosse bosse qui se formait sur la tête de Justin. Il ne saignait plus, mais sa coupure nécessitait des soins.

Mme Bannon poussa un cri horrifié en voyant la blessure, mais Justin la rassura en disant qu'il ne s'agissait que d'une vulgaire bosse. Mme Bannon se retira discrètement dans le bureau tandis que Rosalie s'empressait d'aller chercher des glaçons, du désinfectant et des pansements.

Violette occupant la salle de bains, elle entreprit de soigner Justin dans la cuisine.

Il protesta quand elle nettoya sa plaie et elle le traita de douillet. Ils rirent, enfin détendus. Elle venait de lui servir un café généreusement arrosé de cognac quand Violette les rejoignit.

Son visage était rouge et bouffi, et ses yeux brillaient de colère.

— Tu m'as humiliée ce soir, lança-t-elle à sa sœur d'un ton accusateur.

— Ce n'était pas mon intention.

— Tu n'aurais pas pu appeler avant?

— Crois-tu que Kevin aurait admis que tu étais là si je l'avais fait?

— Euh... je l'ignore.

— Eh bien moi, je le sais. Il m'aurait menti et j'aurais dû venir quand même. Seulement j'aurais trouvé le nid vide car il t'aurait emmenée terminer vos... affaires ailleurs. Et je me serais consumée d'inquiétude toute la nuit.

Violette considéra sa sœur avec rancœur.

— Toute l'école ne parlera que de ça lundi.

Justin posa le sac de glaçons sur sa tête.

— Cela m'étonnerait, dit-il. Car si Kevin raconte cette histoire, il faudra qu'il dise aussi que le bleu qu'il a à la joue lui a été fait par un homme de vingt ans son aîné et cela à cause d'une tentative de séduction avortée.

Violette rougit.

— Eh oui, je suis toujours la gentille oie blanche que j'étais ce matin, commenta-t-elle, sarcastique. La seule et unique de toutes mes amies.

— Ce n'est pas vrai, chérie, dit Rosalie.

— Kevin dit...

— Encore Kevin ! intervint Justin. Je parie qu'il vous a dit que si vous l'aimiez, il fallait le prouver.

La jeune fille baissa les yeux.

— Je l'aime.

— Je respecte vos sentiments, mais êtes-vous prête à les exprimer de cette façon?

— Je... je n'en suis pas sûre.

— N'avez-vous pas le droit d'attendre d'en être sûre? demanda-t-il.

Elle leva les yeux.

— Mais...

Comme elle se taisait, visiblement bouleversée, Rosalie lui pressa tendrement la main.

— Mais quoi, Violette? demanda-t-elle avec douceur.

Violette étouffa un sanglot.

— Mais je risque de perdre Kevin...

Rosalie la prit dans ses bras et la berça doucement contre elle. Contre toute attente, Violette ne la repoussa pas.

— Ce genre de décision est une des plus difficiles à prendre, murmura Rosalie. Je ne veux pas que tu la prennes sous la contrainte.

— J'étais si nerveuse...

— Et c'est normal. Ce qui l'est moins, c'est d'avoir besoin de boire de la bière pour se donner du courage. Kevin a cherché à te forcer la main.

Violette s'écarta.

237

— Il est devenu un peu fou, non? Je... j'ai cru qu'il me défendait, mais je me demande maintenant ce qu'il aurait fait si j'avais refusé de lui céder et que vous n'aviez pas été là.

— Je me le demande aussi...

— Mais nous étions là, dit Justin. Et tout s'est bien terminé.

Violette sourit.

— Merci, Justin. Et, Rosalie... pardon de t'avoir menti.

Rosalie sentit ses yeux s'emplir de larmes. Quel merveilleux épilogue pour cette journée si mal commencée!

— Rosalie, pourquoi tu pleures?

Elle tourna la tête et aperçut Tommy, debout sur le seuil, qui la regardait d'un air désolé.

— Bonsoir, mon chou, dit-elle en lui tendant les bras.

Il courut vers la jeune femme, qui le prit sur ses genoux.

— Hein, pourquoi tu pleures?

— Parce que je suis heureuse.

— Oh... Papa, pourquoi tu as ce drôle de chapeau sur la tête? demanda-t-il en désignant le sac de glace.

Tout le monde éclata de rire.

— Viens, mon grand, je vais te border dans ton lit, dit Rosalie. Il est tard.

— Je suis pas fatigué.

— Je vais te lire une histoire, d'accord?

La petite frimousse s'illumina.

— D'accord!

Dans sa chambre, Tommy prit son pingouin et se glissa dans son lit. Rosalie choisit un livre et s'assit près de lui.

— *Le Petit Poucet*. Il était une fois...

— Rosalie ?

— Oui ?

— Pourquoi tu viens plus me voir ?

Elle sentit son cœur se serrer.

— J'ai été très occupée, mon cœur.

Les grands yeux bleus si semblables à ceux de son père la dévisagèrent.

— Tu m'as manqué. Et papa était vraiment triste.

Rosalie referma le livre de contes. Sa rupture avec Justin signifiait qu'elle ne verrait plus beaucoup ce merveilleux petit garçon.

Assommée par cette brutale séparation, elle n'avait pas réfléchi aux conséquences qu'elle pourrait avoir pour Tommy.

— Mmm... je suis désolée, Tommy.

— Tu viens faire du patin à glace avec nous demain ?

— Je ne sais pas.

— Tu m'as promis de m'apprendre à faire un gâteau de Noël, tu te rappelles ? Tu as dit que les garçons devaient savoir faire la cuisine, eux aussi.

Rosalie lui sourit, mais le cœur n'y était pas.

Il se redressa et une lueur inquiète passa dans son regard.

— Tu vas pas partir, hein, Rosalie ?

Le divorce de ses parents l'avait marqué et il avait souffert de la séparation d'avec son père. Et voilà que pour une raison qu'il ne pouvait comprendre, Rosalie le quittait, elle aussi !

« Je ne veux pas te quitter, Tommy ! Je ne peux pas croire que ton père et moi en soyons arrivés là... »

La pensée de ne plus voir l'enfant, de ne plus jouer avec lui, de ne plus entendre ses réflexions amusantes l'emplissait d'une immense tristesse.

Tendant les bras, elle le serra contre elle pour qu'il ne voie pas ses larmes. Se ressaisissant, elle s'essuya discrètement les yeux.

— Je ferais mieux de te lire cette histoire avant qu'il fasse jour, jeune homme.

Il la scruta.

— Tu pleures parce que tu es heureuse ?

— En quelque sorte, répondit-elle d'une voix étranglée.

Elle commença à lire. Cinq pages plus tard, les yeux de l'enfant se fermaient et, à la sixième, il dormait profondément.

Rosalie éteignit la lampe et quitta la chambre sur la pointe des pieds.

Elle rejoignit Violette et Justin.

— Nous allons rentrer, Justin. Violette et moi avons à parler.

Violette sourit sans rien dire.

Justin se leva.

— Je vous raccompagne. Rassurez-vous, ma tête va très bien. Il faut plus qu'une petite commode pour l'entamer sérieusement. Je vais prévenir Mme Bannon d'attendre mon retour.

Le trajet de retour se déroula en silence. Epuisée par les émotions de la soirée, Violette s'endormit. Elle s'éveilla quand Justin s'arrêta devant chez elles. Il les raccompagna jusqu'à leur appartement. Sans demander son reste, Violette leur dit bonsoir et gagna directement sa chambre.

Rosalie se tourna vers Justin.

— Je voudrais vous dire combien je vous suis reconnaissante de ce que vous avez fait ce soir.

Il secoua la tête.

— C'est inutile.

— J'y tiens, Justin. Je vous dois... tant de choses.

Elle chercha son regard. Il y avait de la tristesse dans celui de Justin, et quelque chose d'indéfinissable...

— Vous ne me devez rien du tout. Je veux seulement que vous sachiez que vous pouvez compter sur moi, que ma parole... a toujours la même valeur.

Elle lui jeta un regard surpris.

— Je sais, Justin, et vous avez été merveilleux ce soir.

Il eut un petit rire ironique.

— Etre strictement honnête avec moi-même n'a jamais été une de mes faiblesses.

— Etre trop directe est l'une des miennes.

Elle n'avait pas oublié les dures accusations qu'elle avait portées contre lui deux jours plus tôt. Elle avait douté de sa parole à propos du documentaire. Elle avait offensé son intégrité. Et tout cela à cause d'une émission de télévision.

— Non, dit-il doucement. Au moins, vous me dites la vérité.

La vérité? Elle ne savait plus guère où était la vérité. Elle savait seulement que Justin l'avait aidée ce soir avec générosité. D'un geste impulsif, elle lui caressa la joue.

— Vous voulez la vérité, Justin? Vous avez été formidable ce soir. Et je vous remercie du fond du cœur.

Dans un élan irréfléchi, elle se haussa sur la pointe des pieds et lui baisa les lèvres.

Il eut un sursaut de surprise, puis sa bouche répondit à la sienne, mais soudain, il s'écarta.

— Merci... Je suis heureux d'avoir pu vous aider. Dites à Violette que je penserai à elle lundi.

Lundi... L'émission, Gilda. Tout ce qui les avait séparés resurgit soudain. Rosalie s'écarta.

— A lundi, murmura-t-elle.

Tournant les talons, il sortit. Elle entendit ses pas décroître dans le couloir de l'immeuble, scandant cette petite phrase qui tournait dans sa tête comme une obsession : « Je l'ai perdu. »

Elle dormit très mal cette nuit-là, et il en fut de même tout le week-end. Les récents événements l'emplissaient d'inquiétude et de regret.

Bien qu'elle l'ait blessé, Justin était venu à son aide quand elle avait eu besoin de lui. Elle avait eu tort de le fuir, tort de fuir l'amour.

Puisqu'elle l'aimait, qu'importait ce que pensaient les autres ? Elle avait le sentiment que Justin l'aimait toujours, mais leur horrible dispute, aggravée par leurs dissensions à propos de l'émission avait creusé entre eux un abîme.

L'enjeu de l'émission était important. Si ses craintes étaient fondées et que les choses tournaient mal, Justin serait tenu pour responsable et sa carrière serait brisée.

Soudain, elle sut qu'elle ferait tout ce qui était en son pouvoir pour l'aider à faire de cette délicate émission un succès. Il avait besoin d'elle et elle ne se déroberait pas.

Le lundi, l'aube se leva sur une matinée grise e

242

froide. Rosalie et Violette étaient dans le même état de nervosité.

Craignant que Kevin ait raconté à tout le monde leur aventure du week-end, Violette ne put rien avaler. Rosalie la déposa à son école non sans s'être efforcée de la rassurer.

Dès qu'elle-même pénétra dans les locaux de *Vous informer*, elle fut littéralement assaillie de questions.

— Rosalie... les Guerriers et les Invincibles refusent de s'asseoir dans la même salle d'attente que la Ligue de défense. Qu'est-ce qu'on fait?

— Rosalie! Agnès Baker de l'Association du troisième âge est furieuse de ne pouvoir disposer de la moitié des sièges du public pour ses membres. Que dois-je lui dire?

. — Rosalie, tous les invités veulent savoir s'ils auront un maquilleur à leur service. On a prévu quelque chose à ce sujet?

La jeune femme se tourna vers Peggy.

— Je veux quatre salles d'attente pour nos invités, une pour chaque bande, une pour les membres de la Ligue de défense et une pour le révérend Brown et Agnès Baker. Utilisez les salles de réunion.

Elle s'adressa ensuite au chef de plateau.

— Dites à Agnès Baker que les sièges ont été équitablement répartis entre les groupes représentés. J'ai fait installer des plans inclinés pour que des chaises roulantes puissent circuler. Cela devrait la satisfaire. Enfin, ajouta-t-elle, nous ne disposons pas d'un maquilleur et chacun devra se maquiller tout seul.

Elle enleva son manteau et but une gorgée de la tisane que lui avait préparée Peggy. A cet instant, la porte s'ouvrit derrière elle et un toussotement se fit entendre.

Elle se retourna. Gilda se tenait sur le seuil, vêtue d'un ensemble en cuir noir superbe, mais parfaitement déplacé dans ces circonstances. La veste largement épaulée assortie à une minijupe étroite était décorée d'un motif *funky* qui jurait avec la nouvelle image — et avec l'âge mûr — de Gilda.

Rosalie sentit ses espoirs s'envoler.

— Pourquoi, Gilda?

La présentatrice virevolta pour se faire admirer.

— J'ai longuement réfléchi à ce que je devais mettre. Je crois que cet ensemble devrait montrer à ces jeunes gens que je ne suis pas une vieille dame sans toutefois choquer le révérend Baker.

— C'est le révérend Brown, Gilda. Agnès Baker est de l'Association du troisième âge.

Gilda haussa les épaules.

— Bah... j'aurai toutes mes petites fiches avec moi pendant l'émission.

— As-tu lu la documentation? demanda Rosalie.

— Bien sûr, répondit Gilda en s'admirant dans le miroir du bureau. Mais je n'y ai guère trouvé d'informations sur les bandes. Rappelle-toi qu'elles sont la clé du succès de l'émission.

Rosalie sentit grandir son inquiétude.

— Gilda, nous sommes là pour débattre d'un problème très spécifique : la Ligue de défense a-t-elle le droit de faire des rondes dans les quartiers à risques ? N'est-elle qu'un groupe de surveillance, comme ses membres le prétendent, ou un groupe de vigiles qui ne fait qu'aggraver une situation déjà tendue ? On ne peut se polariser sur ces voyous. Les citoyens respectueux des lois comme le révérend Brown méritent le même temps d'antenne.

Gilda pinça ses lèvres rubis.

— Je ne tiens pas à ce que ce débat ressemble à une réunion du conseil municipal. Je sais exactement ce qu'il faut faire.

Elle quitta le bureau, croisant une Peggy très surprise sur le pas de la porte.

— Gilda est vraiment... unique, commenta celle-ci en pénétrant dans la pièce. Je me demande ce qui est arrivé à la jupe plissée bordeaux qu'elle était censée porter.

— Elle faisait trop « vieille dame ».

Peggy passa une main nerveuse dans ses cheveux frisés.

— L'émission sera peut-être un succès si Gilda ne déborde pas du sujet, n'essaie pas de vamper les invités, se rappelle du nom de chacun et ne donne pas son avis personnel...

Rosalie se mit à rire.

— Tu as raison ! Je me demande bien pourquoi je m'inquiète, après tout !

Avec un sourire, Peggy sortit pour effectuer des vérifications de dernière minute. Elle croisa Justin qui venait voir Rosalie.

Sa présence avait toujours eu sur elle un puissant impact physique, son grand corps la troublant jusqu'au tréfonds de son être.

Il s'avança vers elle. Il portait sur ses épaules tout

le poids de l'émission à venir, avec les risques que cela supposait.

Croirait-il qu'elle était maintenant prête à partager ces risques?

— Asseyez-vous, dit-elle avec douceur. Comment va votre tête?

— Bien, répondit-il en effleurant son bandage. J'ai prétendu avoir glissé sur une plaque de verglas et m'être cogné la tête. Tout le monde m'a cru.

Il s'assit et elle remarqua les cernes bleutés qui marquaient ses yeux et son expression pensive.

— Je suis venu vous dire que les mesures de sécurité ont été renforcées. Tout le public sera méthodiquement fouillé et on utilisera un détecteur de métal pour rechercher les armes éventuelles.

— Sur les personnes âgées aussi? Vous croyez que c'est nécessaire?

— Je fais de mon mieux pour éviter toute violence, répliqua-t-il, sur la défensive.

C'était le moment ou jamais de le rassurer.

— Justin, si vous pensez qu'un détecteur de métal est nécessaire, je suis pour.

Il lui jeta un regard surpris.

— Je ne vous ai peut-être pas apporté mon soutien aussi... professionnellement que j'aurais dû, reprit-elle, mais cela ne signifie pas que je souhaite qu'il y ait des histoires pendant l'émission. Si vous avez besoin de mon aide, appelez-moi.

Il la considéra d'un air incrédule. Puis il parut se détendre et un peu de couleur revint à ses joues pâles.

— Merci, Rosalie. Cela compte beaucoup pour moi.

246

— Ce que vous avez fait vendredi soir a beaucoup compté pour moi.

Il eut un sourire timide.

— Vraiment? J'ai passé le week-end à me le demander.

Elle sentit son pouls s'accélérer.

— J'ai passé le week-end à penser à vous, moi aussi... Et à Tommy.

Le visage de Justin s'anima et une lueur d'espoir s'alluma dans ses yeux.

— Et quelles sont vos conclusions?

« Simplement que je vous aime, et je crois que vous n'avez jamais eu l'intention de me faire du mal. »

Elle ouvrait la bouche pour répondre quand Larry Bishop pénétra dans le bureau.

— Les Guerriers sont là, annonça-t-il, un peu nerveux. Quelques-uns d'entre eux ont investi la rédaction du journal, exigeant de voir la « poupée rousse », c'est-à-dire Sally Forsythe, la présentatrice du journal. Seigneur, dans quel guêpier nous sommes-nous fourrés?

Rosalie et Justin échangèrent un regard. Cet incident laissait-il présager d'autres problèmes? Justin perçut l'inquiétude de la jeune femme comme une critique à son égard.

— Ne dramatisons pas, dit-il. Je m'occupe de cette affaire.

— Je vous accompagne, dit Rosalie.

— Non! répondit-il avec brusquerie avant de se reprendre. Merci, mais je préférerais que vous vous chargiez des autres invités.

Elle le regarda s'éloigner, navrée de ce nouveau malentendu. Mais le moment était mal choisi pour les explications.

Le reste de la matinée passa rapidement à régler les détails de dernière minute.

A leur arrivée, les invités furent accompagnés à la salle d'attente qu'on leur avait attribuée. Les voyous refusèrent d'abord d'être fouillés. Mais quand Rosalie menaça d'annuler l'émission, ils y consentirent.

Malheureusement, on ne trouva pas seulement des couteaux. Des matraques et des poings américains furent confisqués — les matraques apportées par deux vieilles dames apparemment parfaitement respectables. Tout cela rendit la direction de la chaîne particulièrement nerveuse.

Rosalie revit le déroulement de l'émission avec tous les participants. Elle prévint les Guerriers et les Invincibles que les grossièretés et les gestes obscènes en tout genre étaient formellement interdits à l'antenne. Vêtu du blouson de cuir des Guerriers, Jérôme White haussa les épaules pendant ses commentaires. Luther Jackson, chef des Invincibles, portait la chemise ornée d'une balle d'argent, emblème de sa bande. Il promit à Rosalie d'« essayer » de surveiller son langage.

Gilda avait exprimé le désir de s'entretenir avec les voyous avant le début de l'émission mais, soutenue par Justin, Rosalie s'y opposa. Il semblait regretter que la présentatrice ait renoncé à sa jupe plissée et déplorer son manque évident de préparation malgré le remarquable travail de documentation de Rosalie.

Dans sa loge, Peggy essaya de revoir les points importants avec elle.

— Je sais ce qui est important et ce qui ne l'est pas, dit Gilda avec un soupir d'agacement.

Rosalie s'approcha et la regarda appliquer son rouge à lèvres dans la glace. Le rouge vif était très voyant et ne la flattait guère.

— Nous voulons seulement t'aider, Gilda, dit-elle.

— Je sais ce que j'ai à faire.

Peggy donna une petite tape amicale sur l'épaule de Rosalie et sortit, emportant avec elle la documentation inutile. Rosalie garda les yeux fixés sur le miroir. Il était inutile de donner à Gilda le moindre conseil désormais. La vedette qu'elle était devenue échappait à tout contrôle.

Pourtant, Rosalie ne songeait pas qu'à l'émission qui se préparait. Ses pensées revenaient sans cesse au moment où elle avait senti l'espoir renaître, quand elle avait lu sur le visage de Justin qu'elle comptait toujours pour lui.

Maintenant, elle avait le courage de lui avouer ce qu'elle éprouvait. Elle était impatiente que l'émission soit terminée pour le faire.

— Je te laisse, dit-elle à Gilda. Nous introduisons le public dans dix minutes.

Elle rejoignit Justin et Larry à la régie. Le chef de plateau donnait ses ultimes instructions aux cameramen. Le directeur technique, dont la fonction consistait à pousser le bouton « caméra 2 » quand le chef de plateau criait « prenez la 2! », était en train de vérifier son tableau de contrôle. Le preneur de son attendait que les invités soient installés pour leur agrafer leur micro.

Tout le monde était en effervescence.

— Je fais entrer le public, annonça Rosalie.

Larry se mordilla la lèvre.

— Toutes les mesures de sécurité ont été prises ?

— Autant qu'il est possible pour une émission en direct, oui, répliqua-t-elle.

— Je n'aurais jamais dû manger ce bœuf Strogonoff à midi...

Justin consulta sa montre.

— Allons-y.

Avec un soupir décidé, Rosalie s'avança pour accueillir les spectateurs de cette édition très spéciale de *Vous informer*.

13.

— Soyez les bienvenus sur le plateau de *Vous informer*, dit-elle. Aujourd'hui, nous allons faire une émission spéciale sur un problème très grave : la montée de la violence entre la Ligue de défense de Boston et des bandes locales de jeunes. La première partie consistera en une discussion avec nos invités. Ensuite, nous ouvrirons le débat aux questions du public. Je vous encourage donc dès maintenant à réfléchir aux questions que vous aimeriez poser.

— Qu'est-ce que tu fais ce soir, ma poule ? cria une voix.

C'était un des Invincibles, reconnaissables à leurs chemises identiques. Ses camarades ricanèrent.

— La ferme, mon gars, grommela un Guerrier.

Dans le public, les gens jetèrent des regards méfiants autour d'eux avant d'aviser les gardes chargés de la sécurité postés autour du plateau.

Rosalie dédaigna l'interruption.

— Voici nos invités, annonça-t-elle en faisant signe à Peggy de les introduire.

Quelques huées se mêlèrent aux applaudissements pour accueillir les cinq invités. Jérôme, le chef des Guerriers, leva le poing à l'adresse de ses camarades. Ils lui retournèrent son salut et il y eut des murmures inquiets dans l'assistance.

Agnès Baker arriva au bras du révérend Brown, qui tenait sa Bible à la main. Trois canapés étaient disposés en demi-cercle autour d'une table. Par mesure de prudence, Rosalie fit asseoir Luther et Jérôme, les deux chefs de bande, aux deux extrémités opposées. Paul Moran, le président de la Ligue de défense, était un grand blond d'une quarantaine d'années.

— Gilda Simon va nous rejoindre dans un moment, poursuivit Rosalie. Quand nous serons à l'antenne, je vous demande de ne pas faire de bruit et de respecter celui qui aura la parole. Nous aurons largement le temps d'entendre tout le monde.

Peggy rejoignit Rosalie.

— Gilda est prête?

— Autant qu'elle puisse l'être, répondit Peggy.

Les deux jeunes femmes quittèrent le plateau juste au moment où Gilda faisait son entrée.

— Bonjour! Bonjour tout le monde! lança-t-elle d'une voix chantante. Soyez les bienvenus à *Vous informer*.

Elle s'arrêta pour serrer des mains. Plusieurs jeunes sifflèrent d'un air appréciateur en voyant sa veste en cuir clouté. Quant au révérend Brown, il regarda la présentatrice d'un air complètement ébahi.

— Nous allons tous travailler ensemble, annonça Gilda. Je dis bien travailler. Travailler à améliorer Boston. Et je le pense sincèrement.

— Trente secondes, Gilda !

Elle hocha la tête à l'adresse du chef de plateau et s'assit.

Fermant les yeux, Rosalie fit une prière muette, brève mais fervente.

— Amen, murmura Peggy avec un petit sourire.

Le début de l'émission se passa très bien. Après les présentations d'usage, Gilda adressa sa première question au révérend Brown qui, en quelques mots concis émaillés d'allusions bibliques, expliqua la position des citoyens pris entre les bandes de jeunes et la Ligue de défense.

Sa deuxième question fut pour Agnès Baker, qui précisa dans un langage délicieusement désuet pourquoi les personnes âgées étaient favorables à la ligue si elle pouvait coexister avec la police. Elles voulaient davantage de protection, expliqua-t-elle, pas des luttes de factions.

Rosalie commença à respirer normalement. Gilda se comportait à merveille.

— Après cette première pause de publicité, dit Gilda en se tournant vers la caméra 3, nous donnerons la parole aux vrais combattants de cette situation explosive, la Ligue de défense de Boston et... — elle s'interrompit pour ménager ses effets — les chefs des deux bandes. Restez avec nous !

Profitant de la pause, Rosalie alla rejoindre Gilda.

— C'est parfait, Gilda. Continue ainsi pendant les cinquante minutes qui restent et nous sommes assurés d'obtenir un *Emmy Award*.

Gilda sourit.

— Tu n'as encore rien vu. J'étais en train de discuter avec Luther. Il dit que les Invincibles ont un code de conduite sexuelle particulièrement intéressant.

Le sourire de Rosalie s'évanouit.

— Nous sommes là pour discuter d'une situation grave, pas pour faire un exposé sur ces bandes.

La présentatrice secoua la tête.

— Quinze secondes !

— Gilda, écoute-moi. Continue comme tu as commencé.

— Leur emblème est très intéressant, tu sais

— Gilda...

— Dix secondes !

Rosalie dut quitter le plateau.

— Va chercher Justin, murmura-t-elle à l'adresse de Peggy.

Il apparut à l'instant où Gilda reprenai l'antenne.

— Que se passe-il ?

— Attachez vos ceintures. Gilda veut parler de la vie sexuelle des chefs de bande.

Justin la regarda d'un air incrédule.

— C'est une plaisanterie ?

— J'aimerais bien...

— Et maintenant, reprit Gilda, je voudrai m'adresser aux membres de ces bandes pou connaître leurs impressions et avoir une imag plus précise de leur monde. Un monde apparemment très inhabituel, avec ses rituels et ses codes d'honneur. On peut même dire que les bandes sont de petites armées dans la jungle des villes.

Rosalie grimaça.

— Dites-moi, Luther, quel est l'emblème des Invincibles?

— Eh bien, c'est une balle couverte de sang, expliqua l'interpellé en montrant ostensiblement sa chemise où figurait l'attribut en question. Elle se dresse, droite et raide, et représente notre virilité, si vous voyez ce que je veux dire.

Il y eut des petits rires étouffés dans le public.

— Et que symbolise le sang? demanda Gilda, visiblement impressionnée.

Luther regarda Jérôme.

— Ça veut dire qu'il ne vaut mieux pas nous embêter ou on risque de le regretter.

Les Invincibles poussèrent des cris de soutien.

— Jérôme, reprit Gilda, quel est l'insigne des Guerriers?

— Un crâne transpercé par un couteau.

— Comme c'est intéressant! Le couteau représente-t-il votre virilité?

— Vous voulez une démonstration, m'dame?

Gilda rit comme si la réflexion était désopilante.

— Voyons, Jérôme, des enfants nous regardent peut-être... J'ai entendu dire que les bandes avaient d'étranges rites d'initiation. Dites-moi ce qu'il faut faire pour être un Guerrier.

— Je tiens pas à en parler, m'dame, répondit

Jérôme. Je préfère parler des gars de la Ligue qui viennent dans nos quartiers et se comportent comme des flics, alors qu'ils en sont pas.

— Nous n'avons jamais prétendu être des flics, protesta Paul Moran. Nous voulons aider la police, c'est tout.

— Vous avez des matraques.

— Seulement pour nous défendre !

— Et vous vous pavanez comme si vous étiez chez vous ! Si vous pouvez être armés, nous aussi.

— Ni les uns ni les autres ne devraient être armés, s'interposa Agnès Baker.

— S'il n'y avait pas ces bandes et les problèmes qu'elles posent, nous ne viendrions pas dans vos quartiers ! dit Moran.

— Menteur ! lança Jérôme. Nous ne faisons que nous défendre !

— Votre comportement, vos insignes, vos devises, vos armes, tout cela aggrave une situation déjà tendue, riposta Moran.

— Monsieur Moran, dit Gilda, ravie de mettre de l'huile sur le feu, la Ligue de défense a bien elle aussi un emblème, un slogan et des armes ?

Moran rougit. Il se redressa avec colère.

— Les cannes ne sont pas des armes !

— Elles le sont si vous frappez quelqu'un avec riposta Jérôme.

— Vous m'offensez en nous comparant à ces bandes de voyous ! cria Moran. Nous sommes un groupe responsable dont le seul but est de protéger les citoyens de notre quartier.

— Mais vous ne vivez pas dans les quartiers où vous faites des rondes, n'est-ce pas, monsieu

Moran ? objecta la voix calme du révérend Brown.

— Nous habitons à Boston !

— Certes, mais pas à Mattapan, Dorchester ou Roxbury, là où vous faites vos patrouilles.

— Ouais ! dit Luther.

— Qui vous a demandé de le faire, hein ? dit Jérôme avec insolence.

— Oui, qui vous l'a demandé ? cria un des spectateurs, déclenchant un gigantesque tohu-bohu dans les rangs du public.

— Gilda s'amuse, commenta Justin, atterré. Elle prend un tel plaisir à attiser les choses qu'elle ne comprendra qu'elle est allée trop loin que quand il sera trop tard.

— Je vous en prie, intervint Gilda, tout le monde aura la parole ! Pour en revenir à ce que vous disiez, monsieur Moran, vous prétendez que la Ligue n'est pas une bande, mais vous admettrez qu'elle y ressemble.

Les yeux exorbités, Moran faillit s'étouffer. Des sifflements jaillirent du public. Rosalie vit un Invincible bousculer un membre de la Ligue. On commençait sérieusement à s'agiter dans les rangs des spectateurs.

— Combien de temps reste-t-il avant la prochaine pause publicitaire ? demanda Justin.

— Cette séquence est la plus longue, gémit Rosalie. Il reste encore au moins huit minutes.

— Nous ne sommes pas une bande ! rugit Moran. Nous ne terrorisons pas les cours de récréation. Nous ne vendons pas de la drogue.

— Hé, mec ! cria Jérôme en se levant. Les

Guerriers ne vendent pas cette m... ce truc. Les Invincibles le font peut-être, mais pas nous.

Luther, qui semblait prodigieusement s'amuser, eut un hoquet de surprise. Il se leva à son tour.

— Je t'interdis d'insulter les Invincibles! Ce n'est pas parce qu'on vous a fichu une raclée la semaine dernière...

— Continue, Luther, riposta Jérôme. Tu arriveras peut-être à le croire...

— Les enfants, les enfants, intervint Gilda comme si elle s'adressait à deux gamins un peu trop vifs, parlons de drogue un moment. On accuse les bandes d'en faire le trafic, justement.

Jérôme lui adressa un regard qui effaça instantanément son sourire complaisant.

— Prouvez-le! dit-il. Et me traitez plus d'enfant, la vieille!

Gilda leva les sourcils et eut un hoquet de surprise. Justin alla rejoindre le chef des gardes de la sécurité pour s'entretenir avec lui.

— Vous voyez! s'écria Moran en se dressant à son tour. Vous nous obligez à intervenir par votre comportement.

Jérôme le menaça du poing.

— Pas de menace, mon garçon.

— Messieurs, asseyez-vous et parlons, suggéra le révérend Brown. La Bible dit...

Mais sa voix se perdit dans le vacarme général. Rosalie remarqua que le représentant de la police vérifiait son arme. Les personnes âgées semblaient terrifiées et, pour la première fois depuis le début de l'émission, Gilda aussi.

— Asseyez-vous, je vous en prie! suppliat-elle.

— C'est vous qui avez commencé, m'dame, lui rétorqua Luther.

Le poing levé, les Invincibles se mirent à scander leur nom. Puis, encouragés par Luther, ils crièrent :

— De-hors! De-hors! De-hors!

Les membres de la Ligue bondirent.

— Non, nous ne partirons pas!

Gilda était complètement impuissante. Il était clair qu'elle était dépassée par le désordre qu'elle avait déclenché.

Justin vint rejoindre Rosalie.

— Je dois arrêter ça.

A cet instant, un Invincible donna un coup de poing à un membre de la Ligue qui riposta. Une vieille dame hurla quand le voyou tomba sur elle. Immédiatement, les Invincibles entrèrent dans la mêlée pour soutenir leur camarade et les coups de poings se mirent à voler de tout côté.

Les choses étaient allées si vite que les gardes n'avaient pas eu le temps d'empêcher l'échauffourée qui se déroulait maintenant en direct sous les yeux des téléspectateurs.

Justin se précipita sur le plateau pour tenter de séparer les adversaires. Les cris fusaient de toutes parts tandis que des spectateurs affolés essayaient de fuir la bagarre.

Dans leur panique, ils bloquaient les rampes d'accès au plateau, empêchant les gardes d'intervenir. Formés à filmer, les cameramen s'en acquittaient consciencieusement. Les invités lançaient des appels au calme et Gilda suppliait, gémissait. En vain.

Puis une voix s'imposa, dominant le tintamarre. C'était Justin.

Soudain, un coup de feu éclata. Tout le monde se figea, pétrifié, cherchant qui avait tiré. Les regards convergèrent sur le policier qui pointait son arme vers le plafond. Justin secoua la tête.

— Assez de violence! s'écria-t-il à la foule silencieuse. Nous sommes réunis ici pour la faire cesser, justement.

— Ce n'est pas nous qui avons commencé! hurla un Guerrier.

— Nous non plus! rétorqua un membre de la Ligue.

— Vous êtes tous responsables, cria Justin. Tous ceux qui se sont battus sont coupables. Nous ne tolérerons pas la violence pendant l'émission.

Tandis qu'il calmait les esprits, un petit groupe s'empressa autour de Rosalie. La rédaction du journal télévisé voulait interviewer les antagonistes. Andy Hopkins proposait ses services comme médiateur. Et le directeur de la chaîne ordonnait qu'on interrompe l'émission pour diffuser un vieux film à la place.

— Vous ne pouvez pas arrêter l'émission comme ça! s'insurgea Rosalie.

— Quelle émission? C'est une véritable échauffourée!

— Si vous faites ça, les téléspectateurs vont penser que la situation est insoluble.

— Elle l'est. Cette affaire est du ressort de la police.

— La police a échoué jusqu'à maintenant.

— Nous aussi, dit Brady en consultant sa montre. Faites préparer le film.

— Non.

— Non ?

— Non. Nous pouvons rattraper les choses. Justin a calmé la foule et...

— Elle peut exploser de nouveau à tout instant.

— Pas si on lui donne de l'espoir ! dit Rosalie. Laissez Andy remplacer Gilda. Il connaît les problèmes de ces gens. Il les comprend. Après tout, ils sont venus ici pour essayer de trouver des solutions.

— Pas tous.

Brady désigna le plateau où Justin s'efforçait de calmer un voyou belliqueux tandis qu'on évacuait les quelques blessés.

— J'admets que certains ne sont venus que pour faire parler d'eux.

— Comme vous l'aviez prédit, remarqua Brady.

— J'avais tort. La plupart d'entre eux sont venus pour aider leur quartier. C'est une occasion unique pour nous d'aider en direct la communauté à régler ses problèmes.

— Même Justin vous conseillerait d'en rester là, Rosalie.

— Alors j'en assume seule le risque.

— Ça n'en vaut pas la peine.

— Si, Lew. *Vous informer* représente quelque chose. Si vous l'interrompez dans ces conditions, on nous accusera d'être irresponsables et d'avoir provoqué cette bagarre pour faire monter l'indice d'écoute.

— C'est Gilda qui l'a fait! Elle...

— N'arrêtez pas l'émission, Lew. Nous pouvons retourner les choses à notre avantage.

Brady la dévisagea un long moment, puis il soupira.

— D'accord, restons à l'antenne. Faites passer une page de publicité pendant que nous faisons venir Andy sur le plateau.

Pendant la pause, Rosalie gagna le plateau avec Hopkins.

— Justin, nous restons à l'antenne.

— Je ne sais pas, répondit-il, visiblement épuisé. J'ai ramené l'ordre, mais j'ignore si ça va durer. Quel gâchis...

— On peut sauver l'émission. Lew est d'accord. Mais Andy va remplacer Gilda.

Il secoua la tête d'un air sceptique.

Mais déjà Andy saluait les invités, serrait des mains. De toute évidence, il connaissait du monde dans tous les camps. Se voyant évincée, Gilda fondit en larmes et s'enfuit. Agnès Baker et Paul Moran poussèrent un soupir de soulagement.

— Après la publicité, nous parlerons des solutions possibles au problème, dit Andy. Ce n'est pas une petite bousculade qui va nous arrêter.

— Ceux qui veulent rester sont les bienvenus, précisa Justin. Mais nous ne tolérerons plus la moindre perturbation. Au moindre problème, nous interrompons l'émission.

Quelques jeunes gens quittèrent le plateau,

mais la plupart restèrent. Chacun retrouva sa place. Rosalie et Justin allèrent rejoindre Lew et Larry. Andy fixa son micro à sa cravate.

— Bienvenus sur le plateau de *Vous informer* après cette pause de publicité. Je suis Andy Hopkins et je remplace Gilda Simon terriblement bouleversée par l'incident qui vient de se produire. Mais bien entendu, l'émission continue. Trop de questions restent posees et trop de problèmes demeurent en suspens pour que nous en restions là, simplement parce qu'il y a eu quelques empoignades. Et nous avons la ferme intention d'aboutir à un consensus, même si l'émission doit durer plus d'une heure.

La déclaration d'Andy fut accueillie par un tonnerre d'applaudissements.

— Mais l'émission qui suit..., protesta Larry.

— Tant pis pour cette émission. J'ai l'impression que nous n'aurons pas à regretter cette prolongation impromptue de *Vous informer*, commenta Lew en prenant familièrement Rosalie et Justin par l'épaule.

Justin essaya de sourire mais n'y parvint pas.

— Monsieur Moran, déclara Hopkins, vous dites que les gens veulent que vous fassiez des rondes. Accepteriez-vous qu'on les sonde à ce sujet?

— Bien sûr, répondit Moran.

— On parle d'organiser un vote au conseil municipal pour régler cette question. Si les gens se prononcent en faveur de votre départ, vous conformerez-vous à leur décision?

Moran s'agita sur sa chaise, mal à l'aise.

— Euh... je devrai consulter les membres de la Ligue. Mais je suis sûr qu'on souhaite notre présence. Et je me plierai au résultat du vote.

— Jérôme, le conseil municipal doit tenir une réunion extraordinaire mercredi prochain. Accepteriez-vous de faire une trêve d'ici là?

Jérôme se pencha en avant.

— Continueront-ils leurs patrouilles?

— Toutes les parties doivent respecter la trêve, remarqua le révérend Brown.

— Mais les gens ont toujours besoin de protection, surtout les personnes âgées, objecta Moran en regardant Agnès Baker pour quêter son soutien.

— Nous redoutons davantage la violence engendrée par vos bagarres avec les bandes de jeunes que le manque de protection, dit la vieille dame.

Avec un soupir, Moran hocha la tête. Les applaudissements crépitèrent. Pendant le reste du débat, Hopkins aborda habilement les nombreux problèmes qui étaient à l'origine de la création de la Ligue. Si les questions qui opposaient les parties ne purent être complètement résolues, tout le monde s'engagea au moins à respecter une trêve.

Ce fut un grand moment de télévision. Les applaudissements se prolongèrent longtemps après la fin de l'émission, tandis qu'une nuée de journalistes entouraient les réalisateurs.

Justin acccueillit les compliments avec réticence, attribuant aux autres le mérite de la réussite. Bombardée de questions elle aussi, Rosalie n'eut pas l'occasion de lui parler.

Quand la foule commença à se disperser, elle le vit s'éclipser et lui emboîta le pas.

Il marchait rapidement, indifférent aux louanges des collaborateurs qu'il croisait. Arrêtée plusieurs fois par des admirateurs, Rosalie trouva la porte close en arrivant à son bureau. Elle frappa doucement mais n'obtint pas de réponse. Gagnant le bureau de sa secrétaire, elle appuya sur le bouton de l'interphone.

— Je ne prends aucun appel, Lou.

— Justin, c'est Rosalie.

Il y eut un long silence, puis :

— Très bien, entrez.

Elle pénétra dans le bureau. Contre toute attente, Justin semblait déprimé. Sa bouche avait un pli amer et aucune lueur de triomphe n'éclairait ses yeux mornes. Il était assis à son bureau, aussi froid et impénétrable qu'une statue.

— Vous n'avez pas l'air de quelqu'un en passe d'obtenir un *Emmy Award*, remarqua-t-elle en s'asseyant.

Il la dévisagea.

— Continuez.

— Continuer quoi ? demanda-t-elle, désarçonnée par son ton abrupt.

— Dites-moi que vous m'aviez prévenu.

Son amertume mit la jeune femme mal à l'aise.

— Pourquoi ? L'émission a été une réussite.

— Et cela tient du miracle, mais nous avons d'abord eu une belle empoignade et cinq blessés.

— Juste des égratignures sans gravité.

— Je devrais peut-être m'estimer heureux qu'il n'y ait eu que cinq victimes ?

— Bien sûr que non. Mais les choses ont bien tourné. En aboutissant à une trêve, nous avons évité davantage de violence.

— Je suppose que je mérite une médaille.

— La direction le pense.

Il ricana.

— Alors je dois m'estimer très heureux.

— Justin, je...

— Vous allez recevoir des propositions faramineuses après un tel succès. Même si votre nom n'a pas été mentionné, tout le monde sait que vous avez réalisé ce débat. Je comprendrais que vous nous quittiez.

— Je n'ai aucune intention de partir.

Il fit comme s'il n'avait pas entendu.

— Vous aviez raison. Donner trop d'importance aux bandes ne pouvait que créer des problèmes. Je voulais tant réussir cette émission que je n'ai pas voulu voir les risques encourus.

— Justin, c'est un succès.

Il lui jeta un regard insolent.

— Quelle séquence avez-vous préférée? Quand Gilda a évoqué la balle sanglante de l'emblème des Invincibles ou quand elle a appelé les chefs de bande « mes enfants »?

— Je reconnais qu'elle n'a pas été...

— Fine? Subtile? Elle a été *lamentable* comme vous l'aviez prévu, dit-il avec un ricanement amer.

Elle contempla son visage tourmenté, cherchant les mots pour exprimer ce qu'elle éprouvait. Elle avait cru que lui parler serait facile, que lui déclarer son amour ne serait plus qu'un jeu

l'enfant maintenant que tout était clair pour elle.
Mais il était si lointain, si distant... Et si sa
déclaration d'amour arrivait trop tard ?

— Justin, si vous croyez que je suis ici pour
savourer mon triomphe, vous vous trompez. Je
suis venue m'excuser.

— Vous excuser ? répéta-t-il sans comprendre.

— Oui. Pour ne pas avoir compris que l'émission valait la peine d'être diffusée, même avec
Gilda. Je n'ai vu que les aspects négatifs de sa
diffusion. Mais *vous*, vous en avez perçu toutes
les possibilités. J'aurais dû deviner que ce débat
pouvait être utile et redonner espoir aux commu-
nautés concernées. Notre émission est la seule à
s'être préoccupée du problème.

— Avec la *Table ronde du dimanche*.

— Mais les voyous n'y étaient pas représentés !
Oh, je sais que je n'étais pas favorable à ce qu'on
les invite, mais leur présence était nécessaire.
Vous aviez raison.

Il sourit, et elle eut l'impression qu'il se déten-
dait un peu.

— Je voulais surtout les avoir pour rendre le
débat plus intéressant et plus animé.

— Ce n'était pas votre seule motivation.

— Peut-être, mais c'était la principale. Oh, je
pourrais vous donner toutes sortes de raisons
pour expliquer mon désir de réussite, notamment
le besoin d'argent pour élever Tommy le mieux
possible, mais ces raisons n'auraient pas dû obs-
curcir mon jugement. Vous n'avez pas perdu
votre discernement, vous.

Si seulement il voulait bien cesser de la compli-
menter !

— Vous vous trompez, protesta-t-elle. A fond de moi, je redoutais que le succès de l'émission soit tel qu'il vous assure à Gilda et à vous une renommée nationale, et qu'on ne veuille plus de moi. J'avais peur de perdre *Vous informer*. Ma mise en garde à propos des voyous n'était pas dictée par des motifs aussi nobles que vous le pensez.

— Mais vous aviez raison.

— En réalité, je crois que la combinaison de nos talents est indispensable à la réussite de l'émission, Justin. Vous possédez un sixième sens pour dénicher les bons sujets, et moi, j'ai les capacités pour les réaliser. Si ce débat a mal tourné, c'est parce que nous avions cessé d'écouter l'autre.

Un moment, elle crut qu'elle l'avait touché.

— C'est gentil à vous de dire ça, mais je serai heureux de vous faire une lettre de références.

Elle avait espéré une autre réaction.

— Mais je ne veux pas partir, Justin ! Je tiens rester car vous avez encore beaucoup m'apprendre.

Il la scruta pour voir si elle était sincère. Son visage s'adoucit, mais quand il parla, la tristesse vibrait dans sa voix.

— Que pourrais-je vous apprendre ? L'imprudence ? Toute ma vie, je me suis comporté comme un pirate, sans me préoccuper du prix à payer. Aujourd'hui, j'ai bien failli en subir les conséquences, mais j'ai eu de la chance. Miraculeusement, l'émission a été un succès. Mais ce n'est pas à moi qu'en revient le mérite. En fait, j'ai honte

Il se leva et s'avança vers elle. Elle lui prit les mains. Elles étaient glacées. Il les retira.

— J'ai toujours essayé d'adapter la réalité à mes besoins, murmura-t-il. Mais c'est bien fini désormais. Vous pouvez probablement me donner des leçons, mais je n'ai pas la moindre idée de ce que je pourrais vous apprendre.

Il la contempla d'un air désenchanté.

— Vous n'avez pas besoin de moi.

Avant qu'elle ait pu lui répondre, il était parti.

14.

Rosalie ne revit pas Justin de la journée et elle ne put le joindre au téléphone ce soir-là.

Mme Bannon, qui gardait Tommy, se contenta de lui dire qu'il était sorti. Violette aussi aurait voulu lui parler pour lui dire que Kevin avait gardé le silence sur leur aventure. Elle tenait à le remercier de son aide et de ses conseils.

Rosalie aussi. Elle avait tant de choses à lui dire !

Le lendemain, il était absent pour « affaires personnelles », lui apprit sa secrétaire. Il serait là le surlendemain.

Frustrée, inquiète, Rosalie s'efforça de se concentrer sur son travail, mais la petite phrase de Justin ne cessait de la hanter : « Vous n'avez pas besoin de moi. »

Oh, que si, elle avait besoin de lui, de mille et une façons ! Ces deux dernières années, les responsabilités de *Vous informer* et de l'éducation de Violette l'avaient obligée à adopter une attitude rigide pour dissimuler ses faiblesses et se montrer à la hauteur de ce qu'on attendait d'elle.

Avec Justin, elle avait réappris à composer, et avait compris que faire des concessions n'était pas une preuve de faiblesse, mais de force. Elle ne tenait plus à tout contrôler, ni dans son travail ni dans sa vie privée.

Avait-elle changé à ce point?

La question la fit sourire. Justin lui avait redonné confiance en son identité de femme, il lui avait réappris à s'amuser et à rire.

Oui, elle avait changé.

Et pourtant, elle avait été cette femme avant que les responsabilités n'altèrent sa personnalité. L'amour de Justin lui avait donné une assurance nouvelle, et elle se retrouvait enfin dans la nouvelle Rosalie.

Justin avait été le catalyseur de cette métamorphose. Elle se rappela sa conversation avec lui au bar des Chaînes à son arrivée à Boston.

Il lui avait demandé de quoi rêvaient les femmes. Au véritable amour, avait-elle répondu. Justin était cet amour, mais elle l'avait compris trop tard.

L'émission n'était plus son cher refuge, même avec une Gilda plus docile. Depuis les incidents du lundi, la présentatrice se montrait soumise, obéissant sans discuter aux suggestions de Rosalie.

Mais *Vous informer* n'avait pas le même intérêt sans Justin. L'émission du mardi sur la destruction de la couche d'ozone fut morne et ennuyeuse. Les experts invités sur le plateau s'exprimèrent avec une sécheresse toute scientifique.

Justin aurait su rendre le sujet intéressant et vivant pour le spectateur.

Le mercredi matin, elle se rendit plus tôt au studio pour voir Justin avant l'arrivée des autres. Son attaché-case était sur son bureau, mais il n'était pas là. Elle le trouva finalement dans la loge vestiaire du rez-de-chaussée.

— Que cherchez-vous?

Justin reçut un choc. Ainsi, Rosalie n'était pas partie! Après l'émission de lundi, il avait cru... mais pourquoi se perdre en conjectures? Puisqu'elle était là!

Pourtant sa joie était assombrie par la triste certitude que, si leurs rapports professionnels continuaient, leur relation personnelle était bel et bien finie. Il en était le seul responsable et cette idée le hantait.

Il était allé trop loin pour obtenir ce qu'il voulait. Il avait axé sa vie sur la quête de la réussite et s'était leurré en pensant n'avoir rien à sacrifier à ce but.

Seule Rosalie avait su défier sa prétentieuse assurance. Elle seule avait vu les répercussions de sa course au succès sur son fils et sur ses belles idées d'une télévision digne et responsable.

Elle l'avait aimé assez pour voir au-delà de l'image lisse qu'il donnait de lui. Elle lui avait appris l'honnêteté et l'amour. Malheureusement, il l'avait compris trop tard.

Il l'aimait et il avait désespérément besoin d'elle. Il s'était passé beaucoup de choses au cours des dernières vingt-quatre heures, des choses dont il brûlait de lui parler.

Elle était devant lui, si fraîche et si jolie dans la robe fleurie qu'il lui avait offerte. Ses beaux cheveux noirs qu'il aimait tant caresser tombaient librement sur ses épaules.

Pourquoi était-elle là si tôt ? Il voulait lui poser la question, et mille autres encore.

Il voulait lui dire ce qu'il ressentait, mais tout ce qu'il put articuler fut :

— Bon sang ! Vous m'avez surpris !

Il s'écarta nerveusement de la penderie, faisant tomber plusieurs vêtements de l'étagère, sur le sol et sur lui.

Rosalie s'avança vers lui et ôta le collant qu'il avait sur la tête et la cravate sur l'épaule.

— Je suis une femme à surprises aujourd'hui, dit-elle en riant pour cacher sa nervosité.

— La première, c'est que vous soyez encore là.

Elle prit timidement son visage entre ses mains.

— Il faudra plus qu'une misérable émission pour m'arracher à vos basques.

Les yeux de Justin s'agrandirent. Il l'écarta doucement mais garda ses mains dans les siennes.

— Je ne tiens pas à vous arracher à mes basques. Mais j'avais cru...

Elle posa sa main sur sa bouche.

— Laissez-moi vous dire moi-même ce que je ressens.

Elle l'entraîna vers le canapé et ils s'assirent si près l'un de l'autre qu'elle éprouva une irrésistible envie de l'embrasser.

Plus tard, se promit-elle. D'abord, elle devait le convaincre qu'elle l'aimait.

Elle s'éclaircit la voix, mais sa bouche était si sèche qu'elle eut du mal à avaler.

— Justin, vous m'avez dit lundi que je n'avais pas besoin de vous, que vous n'aviez rien à m'apprendre. Vous vous trompez. J'ai besoin des qualités que vous avez montrées l'autre jour, de votre courage, de votre merveilleux sens de l'aventure. Et pas seulement dans le travail. Vous m'avez appris qu'il fallait savoir courir des risques pour obtenir ce qu'on veut et que, parfois, la prudence n'est en fait que de l'égoïsme.

Il lui jeta un regard étrange, comme s'il s'était attendu à tout, sauf à cela.

— Vous m'avez fait voir les inconvénients d'une vie trop ordonnée. C'est une façon de se cacher, et je ne veux plus me cacher.

Une lueur à peine perceptible s'alluma dans les yeux de Justin.

— De qui vous cachez-vous ? demanda-t-il.

— Vous pourriez penser que c'est de vous, mais c'est en fait de moi-même. Avant de vous connaître, je m'efforçais d'étouffer mes émotions pour mieux assumer mes responsabilités. Vous les avez libérées, mais ce changement m'a fait peur car j'ai eu l'impression de perdre le contrôle de ma vie. Je craignais tant de me laisser aller que je ne voyais pas ce que je gagnerais en retour.

Elle essuya ses mains légèrement moites sur sa jupe.

— Je vous ai accusé une fois de ne pas vous engager vis-à-vis de votre fils.

— Vous aviez raison.

— Non, je... Je n'avais pas le droit de vous critiquer alors que j'étais aussi coupable que vous. Vous m'avez offert votre amour. Vous

274

m'avez fait éprouver des émotions qu'aucun homme ne m'avait fait éprouver. En échange, vous ne me demandiez que de m'engager à votre égard.

— Je vous demandais davantage, dit-il, et elle constata qu'il avait perdu son expression lointaine. J'y ai longuement réfléchi depuis, et je m'aperçois qu'en vous parlant sans cesse de famille, j'attendais de vous que vous remplissiez le rôle de la mère de Tommy. Je suis allé trop loin. C'était trop tôt.

— Comment pourrait-on vous reprocher d'avoir attendu de celle que vous aimez qu'elle vous aime en retour ? Je me suis dérobée et je ne peux pas me le pardonner.

— Moi, je peux.

Les yeux brouillés de larmes, elle enfouit son visage dans ses mains.

— Je sais qu'il est peut-être trop tard, mais il fallait que je vous le dise. J'ai besoin de vous… Je… j'ai besoin de votre sens de l'humour, de votre fantaisie, de vos plaisanteries ! Jamais *Vous informer* n'a autant compté que vous. Ce n'est pas ma vie. Ma vie, c'est vous, Justin. Vous, Tommy et Violette.

Elle sentit ses bras forts l'envelopper.

— Chut…

Sa joue reposait contre la laine douce de sa veste, elle sentait le parfum de sa peau. Elle eut le sentiment d'être enfin arrivée à bon port.

— Oh, Justin, je vous aime tant ! Je n'ai jamais cessé de vous aimer. Mais tenez-vous encore à moi ? N'est-il pas trop tard ?

Elle s'écarta pour le dévisager.

Il n'eut pas besoin de parler. Son visage lui dit tout ce qu'elle voulait savoir.

Rosalie crut que son cœur débordant de joie, d'incrédulité, de bonheur, de soulagement, allait éclater dans sa poitrine. Justin l'embrassa et, sans pouvoir s'arrêter, couvrit son visage de baisers fous, passionnés, joyeux.

Elle ferma les yeux de bonheur.

— Cela répond-il à votre question? demanda-t-il enfin.

Elle ouvrit les yeux. Le monde était un endroit magique. Quelques instants plus tôt, elle était au supplice et doutait de tout, et voilà qu'elle était dans les bras de l'homme de ses rêves. Enfin.

— Acceptez-vous mes excuses?

Il lui prit les mains et les baisa.

— J'accepte les vôtres si vous acceptez les miennes, dit-il.

— J'accepte tout sans condition. Mais puis-je savoir ce que j'accepte?

Il la regarda droit dans les yeux.

— La promesse que je vous aimerai toujours, que vous, Tommy, Violette, et les enfants que nous aurons passerez toujours en premier, et que je les élèverai avec vous. Enfin, je vous promets de ne plus jamais programmer une émission comme celle de lundi.

— Etes-vous en train de me demander de vous épouser?

— Oui. Je veux que vous soyez ma femme. Je vous aime. J'aime votre honnêteté, votre courage, votre intégrité, votre méchant sens de l'humour et... votre corps superbe. Mais bien sûr, je ne vous aime pas que pour votre exquise silhouette.

— Vraiment? Moi qui vous aime surtout pour votre corps d'athlète.

Ils éclatèrent de rire. Puis Justin reprit son sérieux.

— Rosalie, avant que vous me donniez votre réponse, je dois vous apprendre quelque chose. Elaine a décidé de s'installer à Boston. Nous en avons longuement parlé et nous avons décidé de partager la garde de Tommy. Il est temps que je devienne un papa à plein temps.

— Mais c'est merveilleux, Justin!

Les yeux de Justin cherchèrent les siens.

— Vous le pensez sincèrement? Le rôle de belle-mère n'est pas facile.

Elle l'embrassa doucement sur les lèvres.

— Je sais que ce ne sera pas facile, mais je gagnerai l'amitié de Tommy. Et le rôle de beau-frère-papa n'est pas non plus une sinécure, vous savez... Grâce à vos conseils, j'ai compris qu'il valait mieux être deux pour éduquer un enfant, surtout une adolescente. Je suis ravie de vous voir partager certaines de mes responsabilités.

— Je veux tout partager avec vous, Rosalie. Ensemble, nous créerons une nouvelle émission et une nouvelle famille.

Elle noua ses bras autour de son cou.

— Au fait, est-ce que Kevin...

Elle secoua la tête.

— Il n'a pas dit un mot de leur aventure.

Il sourit.

— Alors, dites-moi que vous acceptez d'être ma femme, Rosalie. Pour être à mon côté, dormir avec moi et porter nos enfants. J'attends…

— Oui, je serai votre femme, Justin. Il faudrait être stupide pour refuser une telle proposition.

Ils échangèrent un long baiser à la fois tendre et passionné. Elle sentit les larmes ruisseler sur ses joues, mais c'étaient des larmes de joie. Elle avait retrouvé Justin. Tout irait bien désormais.

Ni l'un ni l'autre n'entendirent la porte s'ouvrir.

— Justin ! Rosalie ! Mais… qu'est-ce que vous faites ?

Gilda se tenait sur le seuil en compagnie de Stanley Porter, les lèvres maculées de rouge à lèvres écarlate.

— Nous concluons, Gilda, répliqua Justin. N'est-ce pas aussi pour cela que vous êtes ici, tous les deux ?

Justin et Rosalie se regardèrent et éclatèrent de rire, ce qui attisa la colère de Gilda.

— Vous vous moquez de moi ? Ecoutez, j'aimerais savoir… Il y a quelque chose entre vous deux ?

Rosalie s'essuya les yeux.

— Nous sommes fiancés.

Bouche bée, Gilda regarda Justin qui hocha la tête en souriant. Le visage de la présentatrice devint rouge vif au point que Rosalie eut presque pitié d'elle.

— Je… je n'arrive pas à le croire.

— Vous pouvez le croire, dit Justin. Rosalie et moi avons décidé de faire l'amour, pas la guerre.

— Et tout ça se passait *derrière mon dos !*

s'écria Gilda. Une minable petite aventure bon marché !

Elle se tourna vers Stanley et le poussa dehors sans aucun ménagement.

— Oh non, pas bon marché, dit Rosalie. Cette aventure n'a pas de prix en fait...

— Mais vous n'êtes jamais d'accord pour ce qui touche à l'émission !

— Nous commençons juste à travailler ensemble, répondit Justin en caressant la tête brune de Rosalie.

Gilda se mordilla les lèvres.

— Coucher avec le patron est un manque total de professionnalisme, Rosalie.

— C'est le cadet de mes soucis.

Justin se leva et se dirigea vers la penderie.

— A propos de manque de professionnalisme, c'en est un de cacher sa garde-robe, Gilda, dit-il en lui tendant sa jupe plissée bordeaux.

Rosalie pouffa.

— J'ai un contrat, lança Gilda d'un ton menaçant. Vous ne pouvez rien contre moi. Je vais voir Larry !

La porte de la loge claqua derrière elle.

— Elle ferait mieux de ne pas lui poser d'ultimatum car elle n'est plus guère en faveur ces derniers temps, commenta Justin en reprenant la jeune femme dans ses bras. Elle va claironner partout ce qu'elle a vu, vous savez...

Rosalie se blottit contre lui.

— Parfait. Cela m'évitera ainsi de passer une annonce dans le journal !

Il lui souleva le menton.

— Votre désinvolture m'étonne. Le fait que toute la chaîne soit au courant de nos relations ne vous gêne donc plus?

Elle haussa les épaules.

— Ce sera peut-être un peu embarrassant au début, mais réaliser *Vous informer* n'est qu'un travail, après tout. Un travail que j'adore, mais un travail seulement. Ce n'est plus toute ma vie.

Il enfouit son visage dans la masse parfumée de sa chevelure.

— Je suis impatient d'apprendre la nouvelle à deux personnes de ma connaissance...

— Violette et Tommy?

— Vous lisez dans mes pensées... Voyez comme nous sommes faits pour nous entendre!

DÉSIR

Abandonnez-vous au désir...
avec Duo Désir d'Harlequin.

Une collection de romans sur la femme
d'aujourd'hui—la femme qui connaît
ses désirs, son coeur... et l'homme qui
la touche, corps et âme.

Duo Désir raconte les aventures
personnelles, sensuelles, passionées et
excitantes de cette femme—l'histoire de
ses problèmes, de ses triomphes, ses
larmes, son bonheur....

Avec Duo Désir, vivez dans un monde
de plaisir et de passion!

Disponible 2 fois par mois, là où les
romans Harlequin sont en vente!

DD-1AR

Chère lectrice,

Vous nous êtes fidèle depuis longtemps?
Vous venez de faire notre connaissance?

C'est pour votre plaisir que nous avons
imaginé un rendez-vous chaque mois avec
vos auteurs préférés, vos AUTEURS
VEDETTE dans les collections Azur et
Horizon.

Penny Jordan, Emma Darcy, Charlotte
Lamb: ces romancières inaugurent notre
programme dès le mois de juin. Nous les
avons réunies à votre attention dans un
coffret à un prix exceptionnel, avec trois
livres vedette inédits à découvrir de toute
urgence!

Comme nous, vous les adorerez.

Les AUTEURS VEDETTE vous donneront
rendez-vous pour de nouveaux livres
vedette.

Pour les reconnaître, cherchez l'étoile...
Elle vous guidera!

Editions Harlequin

AUTEUR-R

HARLEQUIN

Chère lectrice,

Vous nous êtes fidèle depuis longtemps?
Vous venez de faire notre connaissance?

C'est pour votre plaisir que nous avons
imaginé un rendez-vous chaque mois avec
vos auteurs préférés, vos AUTEURS
VEDETTE dans les collections Azur et
Horizon.

Les AUTEURS VEDETTE vous donneront
rendez-vous pour de nouveaux livres
vedette.

Pour les reconnaître, cherchez l'étoile...
Elle vous guidera!

Editions Harlequin

AUTEUR-P-R

HARLEQUIN

Soyez au rendez-vous de l'amour chaque mois.

COLLECTION HORIZON
Des romans d'aventure et d'amour enchanteurs et mouvementés qui vous mènent jusqu'au bout du monde.

DUO DÉSIR
Une collection de romans sur la femme d'aujourd'hui—la femme qui connaît ses désirs, son coeur... et l'homme qui la touche, corps et âme.

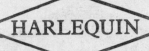

HARLEQUIN

COLLECTION
ROUGE PASSION

- Des héroïnes émancipées.
- Des héros qui savent aimer.
- Des situations modernes et réalistes.
- Des histoires d'amour sensuelles et
  provocantes.

LAISSEZ-VOUS TENTER
par 4 titres irrésistibles
chaque mois.

RP-1

Composé sur Euroserveur, à Sèvres
PAR LES ÉDITIONS HARLEQUIN
Achevé d'imprimer en mai 1992
sur les presses de la Société Nouvelle Firmin-Didot
à Mesnil-sur-l'Estrée (Eure)
Dépôt légal : juin 1992
N° d'imprimeur : 20637 — N° d'éditeur : 4137

Imprimé en France